[redacted]

Michael Köhlmeier
Nachts um eins am Telefon

[redacted]

Michael Köhlmeier

Nachts um eins am Telefon

Deuticke

1 2 3 4 5 09 08 07 06 05

ISBN 3-552-06020-0

Satz: Eva Kaltenbrunner-Dorfinger, Wien
Druck und Bindung: Ebner & Spiegel, Ulm
Printed in Germany

für Monika
für Oliver
für Undine
für Lorenz
für unsere liebe Paula

»Der Verfall des Menschen
besteht nicht im Abnehmen, sondern
im Zunehmen der Vernunft.«

Giacomo Leopardi

Der Gedanke, dass du es nicht merkst

Für meine gegenwärtige Verfassung ist es günstig, dass Caligula an Selbstzweifeln leidet. Caligula nannten wir ihn, weil er so dick war. Er hat inzwischen Beruf, Stadt und Freundeskreis gewechselt, lebt auf dem Land, arbeitet nicht mehr als Designer von Einwickelpapier für neue Schokoladesorten und Ähnlichem, sondern unterrichtet an einer Berufsschule. Man sagt jetzt Richard zu ihm. Als wir uns noch regelmäßig im Café trafen, beschwor er uns einmal, es wäre ihm lieber, alle würden ihn anlügen und wie einen Dünnen behandeln, als dass er abnehmen müsse. Wir berieten uns und versprachen einander, ihn von nun an Caligula zu nennen. Gestern Nacht um eins habe ich ihn angerufen. Er war meine letzte Hoffnung. Ich bin um elf ins Bett, bin sofort und glücklich eingeschlafen und bin um zwölf aufgewacht, unglücklich. Beim Durchzappen durch das Register meines Handys stieß ich auf seine Nummer.

Er nahm sofort ab. »Mein lieber Gott«, sagte er, »ich habe in dieser Sekunde an dich gedacht.«

»Das habe ich gemerkt«, sagte ich. »Erinnerst du dich an Jetti?«

»An welche Jetti?«

»Sie war manchmal bei uns im Café, hat sich aber nie einen Sessel genommen. Sie hat sich neben unseren Tisch gestellt und gesagt: Rentiert sich nicht, dass ich mich setze. Und dann ist sie in die Hocke gegangen. Da konnte man sehr schön sehen, was für elegante Hüften sie hat. Ich habe sie gestern zufällig getroffen. Sie ist noch schöner geworden.«

»Aber ich kenne sie nicht! Mein Gott, würde ich sie gern kennen!«

»Du bringst jetzt einiges durcheinander, Richard«, sagte ich.

»Warum nennst du mich Richard!«, rief er aus. »Bin ich nichts mehr wert für dich?«

»Sie hat mir alles erzählt. Von dir und ihr. Sie hat erzählt, sie sei einmal, das muss lange her sein, zehn Jahre, da sei sie auf einem Rockkonzert gewesen, in München ... Kann das in München gewesen sein?«

»Ich war aber nie auf einem Rockkonzert in München. Nie.«

»Wo könnte es dann gewesen sein?«

»Als dünner Mann war ich oft auf Rockkonzerten. Als dicker Mann nur einmal. In Zürich im Hallenstadion. Bob Dylan.«

»Dort war es! Genau dort! Zufällig sei sie hinter dir gestanden. Erst habe sie sich gedacht, Menschenskind, ich sehe nichts, ich habe zweihundert Franken bezahlt und sehe nichts. Sie wollte sich um dich herumdrücken. Aber das ging nicht. Du warst wie ein Grenzstein so unverrückbar, Platz für drei, weswegen die rechts und links von dir wie angenagelt an deinen Seiten waren. Und da dachte sich Jetti: Das ist eine einmalige Gelegenheit, Bob Dylan kommt jedes Jahr in die Gegend, aber so eine Gelegenheit bietet sich nie wieder. Jetti hat nämlich immer nur schlanke Männer gehabt, und nicht wenige. Wenn du dich an sie erinnerst, dann lass sie einmal vor deinen Augen erstehen, dann verstehst du das.«

»Aber ich erinnere mich nicht an sie! Mein Gott, ich habe sie wahrscheinlich vergessen, ich Narr!«

»Sie ist zart und quicklebendig, und sogar wenn sie Winterschuhe bis über die Waden anhat, wirkt sie, als wäre sie barfuß.«

»Ein Naturwesen?«

»Ihr Kummer sei, sagte sie, dass sie für ein Naturwesen gehalten werde. Die Natur teilt immer Gleiches Gleichem zu. Eine schlanke Frau bekommt schlanke Männer, eine schöne Frau bekommt schöne Männer. Nur mit dem Geist ist es nicht so, weil der Geist nicht Natur ist. Beim Geist verwechselt die Natur alles. Mit dem Geist kann die Natur partout nicht umgehen. Darum kommt es vor, dass eine schöne, schlanke, intelligente Frau wie Jetti immer wieder schöne, schlanke, aber dumme Männer zugewiesen bekommt. Das, sagt sie, sei das Unglück ihres Lebens. Und dich habe sie im Kaffeehaus als einen der Intelligentesten kennen gelernt. Und dann stand sie bei dem Dylan-Konzert im Hallenstadion zufällig hinter dir. Wie ein Scheinwerfer hinter einer Gewitterwolke. Und da habe sie eine Gier nach einem dicken Mann erfasst, und sie wollte, was sie noch nie gehabt hatte, nämlich einen sehr dicken Mann angreifen. Sie habe, erzählte sie, ihre Arme um deine Hüften geschlungen ...«

»Ich habe doch gar keine Hüften!«

»... und für eine Minute, für eine Minute sei geistige Gier und körperliche Gier in ihr eins gewesen. Und weißt du, was sie am stärksten erregt hat?«

»Was denn?«
»Der Gedanke, dass du es nicht merkst.«
»Danke, mein Lieber«, sagte Caligula. »Schlaf gut!«
»Schlaf gut!«, sagte ich.

Wo soll ich morgen mein Brot kaufen?

»Es hat mir keine Ruhe gelassen«, sagte die Frauenstimme. »Ich weiß, dass Sie lange aufbleiben. Wenn ich mit dem Hund spazieren gehe, komme ich manchmal an Ihrem Haus vorbei, dann sehe ich Licht brennen. Ich bin schon um sechs Uhr morgens an Ihrem Haus vorbeigegangen und habe Licht gesehen. Schlafen Sie nie?«

»Sie haben mich geweckt«, log ich. Der Stumpfsinn war gekommen, da hatte das Telefon geklingelt. »Ich lasse das Licht immer über Nacht brennen.«

»Das sollten Sie nicht«, sagte sie, »das rechnet sich zusammen.«

»Wer immer Sie sind«, sagte ich, »ich bin dankbar für Ihren Anruf.«

»Warum sagen Sie das?« In ihrer Stimme war ein Verschlucken. »Können Sie sich nicht denken, wer ich bin?«

»Es kann nichts passiert sein«, sagte ich. »Mit allen Menschen, die ich liebe, habe ich in den vergangenen zwei Stunden telefoniert. Sie sind alle zu Hause. Und alle leben sie in Vierteln und Gegenden, die nicht gefährlich sind. Und alle sagten sie ›Gute Nacht!‹ zu mir, bevor sie auflegten. Ich muss mir also keine Sorgen machen.«

»Bitte«, sagte sie, »verspotten Sie mich nicht. Ich bin die Mutter des Buben, den Sie auf dem Friedhof beobachtet haben. Er stiehlt Sachen von den Gräbern, ich weiß das schon lange, und wenn ich zu ihm sage, tu es nicht mehr, dann sagt er, ich tu es nicht mehr, aber dann tut er es wieder. Ich möchte nicht, dass ich mich vor Ihnen schämen muss, verstehen Sie. Ich habe eine Erklärung für sein Verhalten. Das macht es nicht besser, aber leichter. Er stiehlt Dinge, die er nicht brauchen kann. Nicht nur von Kindergräbern stiehlt er. Auf einem der Gräber war ein Wolf aus Plastik. Ich habe zu ihm gesagt: So, jetzt hast du ihn einmal genommen, das ist nicht gut, aber jetzt spiele mit ihm, freu dich über ihn. Er freut sich nicht, er wirft ihn weg.«

»Sie meinen, das ist eine Sünde«, sagte ich.

»Wie Brot«, sagte sie.

Da bildete ich mir ein, ihre Stimme zu kennen. Und dann bildete ich mir ein, es müsse die Frau beim Brot sein, in dem Supermarkt in der Kettenbrückengasse. Sie hat ein großes Gesicht, es lässt sich nicht viel mehr dazu sagen; ein geräumiges Gesicht. Sie könnte etwas daraus machen, denke ich, wenn ich sie sehe, oft denke ich das, manchmal bedient sie auch bei der Wurst, und ich meine nicht die Kosmetik, sondern eine Ausstattung mit Erlebnissen. Ich dachte auch schon: Jemand anderer als sie selbst sollte aus ihrem Gesicht etwas machen; dass sie jemand in ein Erleben verstrickt. Ich bin immer davon ausgegangen, dass sie allein ist. Nicht nur allein *lebt,* allein *ist.*

»Er weiß, dass sie ihn beobachtet haben«, sagte sie. »Ich habe ihn gefragt: Stört es dich denn gar nicht, dass dieser Mann dir zugesehen hat, wie du die Sachen von dem Grab genommen hast, und er hat gesagt, doch, das stört mich. Aber das ist kein gutes Zeichen. Am Anfang habe ich gedacht, es sei ein gutes Zeichen, dass es ihn stört, wenn er dabei beobachtet wird, Sie sind ja nicht der Erste, er gibt sich gar keine Mühe, heimlich zu sein, ich meine, es heimlich zu tun, aber ich dachte, dass er sich dennoch schämt, ist ein gutes Zeichen. Er sagt auch, es tue ihm leid, und ich glaube ihm, aber es ist kein gutes Zeichen, dass es ihm leid tut.«

Ich drückte den CD-Player. *Solitude* von Duke Ellington erklang, und zwar von ihm selbst und seinem famosen Orchester gespielt, eine Aufnahme aus den dreißiger Jahren, die mir um diese Uhrzeit immer großen Trost gebracht hat – geräumigen Trost, ich möchte dafür das gleiche Wort wie für das Gesicht der Frau beim Brot verwenden.

»Warum schalten Sie die Musik ein?«, fragte sie.

»Damit Sie keinen falschen Eindruck von mir haben«, sagte ich.

»Was für einen Eindruck meinen Sie?« Nun klang ihre Stimme lauernd und nicht mehr auf Verteidigung gestimmt.

»Dass ich etwas unternehme, was Ihrem Sohn schaden könnte«, sagte ich.

»Das können Sie nicht«, sagte sie. »Wie wollen Sie meinem Sohn schaden? Das können Sie nicht. Bitte, machen Sie die Musik aus!«

Ich legte den Hörer auf und lehnte mich in meinem Sessel zurück. Dann drückte ich die Repeat-Taste und dachte: Ich wäre gern einer, mit dem zu dieser Musik getanzt wird, so zärtlich getanzt wird, dass der Trompeter ihn beneidet. Und ich dachte: Wo soll ich morgen mein Brot kaufen? Und ich dachte: Wenn ich jetzt die Musik abschalte, werde ich nicht schlafen können.

Würden Sie bitte auf mich aufpassen!

Frau Micheluzzi ist meine Nachbarin, und ich weiß mehr über sie, als ich wissen möchte. Sie lebt allein, unsere beiden Wohnzimmer liegen Wand an Wand. Wir grüßen einander, treffen uns selten irgendwo anders als im Stiegenhaus, ein paarmal war sie bei mir, ich bei ihr noch nie. Bis gestern. Wir haben herausgefunden, dass unsere beiden Wohnungen früher einmal eine große Wohnung gewesen waren, deshalb ist die Trennwand dünner als die anderen Wände. Wenn ihr Telefon klingelt, höre ich es, wenn meines klingelt, hört sie es.

Sie lebt allein. Immer schon. Männer, die sie hatte, wollten nicht mit ihr zusammenziehen. Einmal klopfte sie an meine Tür und sagte mit ruhiger Stimme: »Würden Sie bitte auf mich aufpassen? Ich glaube, es besteht Gefahr, dass ich mir etwas antue.«

Wir setzten uns in meine Küche, und ich sagte: »Darf ich Ihnen einen Tee machen?« Sonst sagte ich nichts.

Was ich nicht wissen wollte, erzählte sie mir dann ein halbes Jahr später. Neben dem Eingang zu unserem Haus ist eine Bar, an warmen Abenden stehen ein paar Tische draußen. Da saß sie. Sie habe einen Mann gehabt, der wollte seine Wohnung nicht aufgeben, und sie wollte ihre Wohnung auch nicht aufgeben, aber sie wollte in der Nacht neben ihm liegen, aber er wollte in seinem eigenen Bett liegen, und deshalb habe sie jede Nacht bei ihm geschlafen. Ihre Pflanzen seien eingegangen. »Nach einem Jahr hat er aufgehört, mich zu vögeln.« »Ich möchte das nicht wissen«, sagte ich. Statt dessen habe er vor dem Internet onaniert. Als sie ihn dabei erwischte, habe er einfach weitergemacht. Sie verstehe das nicht, habe er gesagt. Da sei sie nach Hause gelaufen, und zu Hause habe sie ihre toten Pflanzen gesehen. Und dann habe sie bei mir geklopft, und ich sei so gut gewesen, für sie Tee zu kochen und nichts weiter zu sagen.

»Es war nur, weil mir nichts eingefallen ist«, erklärte ich ihr.

»Ich habe Vertrauen zu Ihnen«, sagte sie.

Ich wollte sagen, dass sie das bitte nicht haben soll, dass ich mich überfordert fühle, weil ich nämlich glaube, dass sie eine Art Unglücksmaschine in sich habe. In Wahrheit dachte ich, sie sei selbst eine Art Unglücksmaschine.

Vorgestern war sie gut gelaunt. Ihr Gesicht wird voller, und die Tränensäcke sehen eher wie Lachfalten aus, und sie wird hübsch. Sie ist ohne Geruch. Wir haben uns ungeschickt bewegt, da kam mein Gesicht mit ihren Haaren in Berührung. Einen Moment länger, als es die Ungeschicklichkeit mit sich brachte, behielt ich meinen Kopf in ihrem Nacken.

»Ich werde Taufpatin«, sagte sie.

»Das ist schön«, sagte ich.

»Ich fahre für eine Woche nach Südtirol. Ich möchte Ihnen meinen Wohnungsschlüssel geben.«

»Frau Micheluzzi, es wird nicht nötig sein«, sagte ich.

»Ich habe zu den Dingen, die mir gehören, eine Liebesbeziehung«, sagte sie und zog die Augenbrauen nach oben, was ja nur heißen konnte, dass alles, was sie, solange die Brauen oben bleiben, sagen wird, ironisch gemeint ist. »Meine Wohnung ist weniger einsam, wenn Sie den Schlüssel haben.«

Gestern Nacht klingelte bei ihr drüben das Telefon. Eine Weile klingelte es. Dann nicht mehr. Dann wieder. Dann nicht mehr. Dann wieder. So durch bis um zwei. Ich sperrte ihre Tür auf, stellte mich vor den Apparat. Licht machte ich nicht. Der Mond schien ins Zimmer, das genügte. Dann wanderte der Mond, und es genügte nicht mehr. Ich schaltete das Licht im Badezimmer an und ließ die Tür offen. Die Wohnung besteht aus zwei großen Zimmern, die durch eine Schiebetür miteinander verbunden sind, einer fensterlosen Küche und dem Bad. Überall hängen großformatige Photographien. Zum Beispiel ein Mann, der über eine Rolltreppe fährt, sein Rücken, sein Nacken, seine Hand am Geländer. Es riecht nach nichts. Das Telefon klingelte. Wenn ich abnehme, dachte ich, wird sie wieder sagen: Ich möchte, dass Sie auf mich aufpassen! Dann werde ich in ihrer Wohnung sitzen, den Hörer ihres Telefons in der Hand halten, zuhören, wie sie nichts sagt, und sie wird zuhören, wie ich nichts sage.

Bei der Kaffeemaschine brannte ein rotes Licht. Wenn sie wiederkommt, wird sie fragen: Warum haben Sie nicht den Hörer abgehoben? Ich werde lügen: Wieso? Das Telefon hat ja gar nicht geklingelt. Warum sind Sie dann in meine Wohnung gegangen, wird sie antworten. Nur, um die Kaffeemaschine auszuschalten?

Ich weiß zu viel über sie. Ihr Bett ist nicht gemacht. Auf dem Kissen ist der Abdruck ihres Kopfes zu sehen. Am

Fenster steht eine Zimmerlinde, die Blätter wie Samt und welk. In zwei Tagen wird sie tot sein.

Ich ging in Frau Micheluzzis Küche, eine Tasse und ein Teller hingen in dem Drahtgestell über der Spüle, ich ließ Wasser in die Tasse laufen und brachte es der Zimmerlinde. Und die Kaffeemaschine schaltete ich aus.

Die Republik der Schlaflosen

Ab halb elf die üblichen zwei, drei Anrufe – jede Nacht andere Freunde oder Halbfreunde, Samstag die besten, Sonntag die zweitbesten und so weiter bis Freitag zu den lediglich Bekannten, so dass im Wochenrhythmus eine einigermaßen erträgliche Aufdringlichkeit herauskommt – und dann ins Bett. Ich spazierte durch eine deutsche Stadt zur Herbstzeit, Marburg an der Lahn, Wildlederschuhe von der Firma Clark, die im Laub der Platanen versanken, Modergeruch, der mich glücklich machte, ich derselbe, der ich bin, nur dass ich von meinem eigenen Leben weniger wusste – hat alles nichts genützt, diesmal nicht; normalerweise führen mich solche unter der Zudecke gesponnenen Idyllen relativ rasch in den Schlaf hinüber. Um vier stand ich auf, tippte die Vorwahlnummer von Marburg an der Lahn ins Telefon und dann fünf beliebige Ziffern.

Eine Frauenstimme meldete sich, ausgeschlafen wie der helle Mittag.

Ich sagte: »Ihre Nummer ist mir zufällig in die Finger gerutscht. Ich möchte mit jemandem sprechen, der in Marburg lebt, weil ich selbst vor vielen Jahren dort gelebt habe.«

Sie räusperte sich wie eine Therapeutin. »Sind Sie schlaflos?«

»Ja«, sagte ich.

»Wundern Sie sich nicht, dass ich so schnell abgehoben habe?«

»Doch.«

»Ich bin auch schlaflos. Ich warte auf meinen Mann.«

»Betrügt er Sie?«

»Gestern«, sagte sie, »war mein Sohn bei mir. Er ist seit einem Jahr verheiratet und betrügt bereits seine Frau. Er setzte sich zu mir in die Küche, bei halbem Licht kann er plötzlich aussehen wie ein Fremder. Er fragte mich, ob sein Vater mich betrügt. Ich sagte: Nein. Da hat er gegrinst. Als wären die beiden schon oft genug gemeinsam auf Tour gewesen.«

»Wie ist das Wetter in Marburg?«, fragte ich. »Liegt schon das Laub auf der Universitätsstraße?«

»Vorgestern habe ich unseren Wohnungsschlüssel verloren«, sagte sie. »Ich bin eine unordentliche Frau. Ich habe Löcher in den Hosentaschen. Ich besitze keinen Schlüsselbund, warum auch, ich habe keinen Führerschein, ich brauche also keinen Autoschlüssel, der Briefträger schiebt die Post durch den Türschlitz, ich brauche also keinen Briefkastenschlüssel, ich brauche nur den Wohnungsschlüssel, und den stecke ich, wie er ist, in die Hosentasche, wenn ich das Haus verlasse. Er ist an meinem Bein entlanggerutscht, und ich dachte, er wird in den Stiefel fallen, und bei jedem anderen Menschen wäre es so gewesen. Er fiel auf die Universitätsstraße. Der Schlüssel hat die gleiche Farbe wie welke Platanenblätter, das ist mir nie vorher aufgefallen. Zuerst habe ich mit dem Fuß die Blätter beiseite geschoben, ich habe ihn nicht gefunden. Am Ende kniete ich da und starrte auf diese kleine Welt aus Asphalt und Dreck und weinte, weil alles so symbolisch war. Ein junges Paar kam daher, Erstsemester wie unsere Tochter, verliebt. Wir haben Glück, sagten die beiden, wir helfen Ihnen suchen, wir haben Glück. Sie knieten sich zu mir ins Laub. Sie, ein dünnes Ding, hübsch, aber ausgehungert, und ich musste denken, wie kann sie meinen Schlüssel finden, wo sie selber doch so unglücklich ist, und wenn sie meinen Schlüssel findet, fließt ihr Unglück womöglich über ihre Finger in meinen Schlüssel und zu mir herüber. So denke ich normalerweise nicht, das können Sie mir glauben, und ich würde niemals, niemals mit jemandem in dieser Art sprechen, aber Sie kenne ich nicht und möchte Sie auch bitten, nichts zu sagen und bitte nicht aufzulegen. Wenn Sie einfach warten würden, bis ich auflege, wollen Sie das tun? Ich habe auch noch niemals zu einem Menschen gesagt, ich sei eine unordentliche Person, aber ich sage es gern. Ein unglückliches Ding war sie, und er wusste es nicht. Ich lachte. Das Frauenlachen, das furchtbare. Wenn zwei Frauen und ein Mann irgendwo zusammen sind, dann kommt es oft vor, dass die Frauen lachen, als wollten sie sagen: Ja, wir Frauen! Und genau so lachte ich. Und stand auf und bot dem Mädchen eine Zigarette an und sagte: Männer haben doch die besseren Augen. Und als sie im Himmelslicht vor mir stand, sah sie noch unglücklicher aus. Sie hungert die Erinnerungen aus sich heraus, dachte ich. Sie war nicht älter als zwanzig, aber neben ihren Mundwinkeln zogen sich bereits Kerben zu den Nasenflügeln hinauf. Ich beneidete sie trotzdem. Diese Möglichkeit besitze ich nämlich leider nicht mehr: meine Erinnerungen wegzuhungern. Wir hielten die Zigarette in der Rechten, stützten den Ellbogen auf die Linke, so lächerlich tratschdamenhaft sahen wir aus, Bürgerinnen der Republik der Unglücklichen, und zu unseren Füßen wühlte der junge Mann im Laub. Und dann fand er meinen Schlüssel, und ich habe den unangenehmen Verdacht, ich werde schuld sein, wenn sie von nun an in ihm ein bisschen weniger sieht als bisher.«

Und dann wurde der Hörer aufgelegt.

Die Hälfte der Gedanken

Caligula (Richard) rief an: »Ich habe mir ein Fahrrad gekauft«, sagte er. Er ließ eine Pause. Ich wusste, worauf er wartete; nämlich dass ich sage: He, Richard, ein Fahrrad! Du kannst nicht Fahrrad fahren, du bist zu dick! – Ich sagte nichts.

»Es ist nur wegen der Ästhetik«, antwortete er sich schließlich selbst und lachte resigniert. »Es steht in meiner Wohnung. Es ist ein gebrauchtes Rad. Das war mir wichtig. Ein Herrenrad. Ein Simplon. Aus den fünfziger Jahren. Es steht in meinem Wohnzimmer wie der Rabe von Edgar Allan Poe, es kann nicht sprechen, aber es sagt: ›Nevermore.‹ Du kennst Geschichten, die trösten. Erzähl mir eine Fahrradgeschichte, die mich trösten kann!«

»Was bekomme ich dafür?«

»Ich schick dir Gift, wenn du welches brauchst.«

»Als ich zehn Jahre alt war, war ich ein dünner Bub und zu klein für mein Alter. Wir wohnten in einer Arbeitersiedlung am Land. Wir hatten einen Hühnerstall an die Hauswand angebaut. Unser Nachbar war mein Feind. Aber nur meiner. Und ich habe nichts zu dieser Feindschaft beigetragen. Aus welchem Grund hasste er mich? Er hieß Herr Amann, er war hilfsbereit, das hat jeder gesagt. Er hat mich ins Böse gelockt. Wenn ich ihm in die Augen geschaut habe, habe ich mir gedacht: Für den bin ich wichtig. Ich weiß nicht, warum.

Der denkt an mich, viel zu viel denkt der an mich. Das hat mir Angst gemacht, aber gleichzeitig wollte ich es immer wieder in seinen Augen sehen. Ich habe es so eingerichtet, dass ich ihm möglichst oft begegnete. Ich schätzte, der bringt die Hälfte seiner Zeit damit zu, an mich zu denken. Er war im Begriff zu heiraten, eine Frau, weiß mit aufgestickten Blumen. Er hat mich dazu verführt, mein Wasser auf einem Hütebub abzuschlagen. Weißt du, was ein Hütebub ist? Das ist ein Viehzaun, ein Draht, durch den ein leichter Stromstoß zuckt.

Dieser Herr Amann hatte sich ein Rad gekauft, ein ähnliches wie dein Edgar Allan Poe. Er stand vor seinem Haus und wartete auf mich. Ich hatte eine Fischerrute in der Hand, die ich mir selber gemacht hatte, und hatte Kordhosen an, kurze Kordhosen, wie sie die Lieblinge getragen haben.

›Du schaust mein Rad an‹, sagte er. ›Es ist das beste. Lass dir nie ein anderes Rad einreden. Simplon muss es sein.‹

Es war schon vorgekommen, dass er zu mir gesagt hatte: ›Hau ab, du Halbaff!‹, und fünf Minuten später: ›Da ist ja mein Freund.‹ Er erzählte mir manchmal von seiner Arbeit. Er war Elektriker beim Elektrizitätswerk. Wörter verwendete er, von denen er wusste, dass ich sie nicht verstand. An diesem Tag fachsimpelte er über Fischerruten, nahm meine in die Hand, nickte beeindruckt und knickte die Spitze um und gab mir die Rute zurück, als hätte er die Spitze nicht umgeknickt. Meine Fischerrute war nichts wert gewesen, mit der hätte ich nicht einmal eine alte Wärmflasche aus dem Wasser ziehen können, aber jetzt war sie kaputt.

Und dann sagte er: ›Ich seh dir an, dass du willst. Hab ich Recht? Also gut, wenn du unbedingt willst: Fahr halt eine Runde mit meinem Simplon.‹

Das habe ich gar nicht unbedingt gewollt. Außerdem hatte ich zu kurze Beine. Er zeigte mir, wie es trotzdem geht: indem man mit den Beinen unter die Querstange schlüpft. Man muss dabei das Rad schief halten, auch beim Fahren. Ich bin hingefallen und habe mir das Knie blutig geschürft. Es hat weh getan, aber nicht sehr.

Er beugte sich über mein Bein und sagte: ›Früher, als es noch nicht so viele Tabletten gegeben hat wie heute, hätte man hier an dieser Stelle das Bein abgenommen.‹

Als ich erwachsen war, hatte er Schiss vor mir. Das erklärte ich mir so: Er hat sich, als ich ein Bub war, Dinge ausgedacht, die er mit mir machen wollte, so viele Dinge, entsetzliche Dinge, so plastisch ausgedacht, dass er irgendwann nicht mehr mit Gewissheit sagen konnte, ob er das eine oder andere eben nicht nur ausgedacht, sondern wirklich getan hatte. Und deshalb hatte er Schiss. Und ich habe so getan, als gäbe es allen Grund für ihn, vor mir Schiss zu haben. Obwohl er mir nie etwas getan hat. Außer dass er mir die Fischerrute abgeknickt hatte.«

»Glaubst du«, fragte Richard, »das hat sich irgendwie auf dein Leben ausgewirkt?«

»Nein, Richard«, sagte ich, »das glaube ich nicht.«

»Ich bin nämlich am Sammeln.«

»Was sammelst du denn?«, fragte ich.

»Ich sammle Gründe«, sagte er. »Tust du das nie? Gründe sammeln, warum du geworden bist, was du bist.«

»Ich mache Listen«, sagte ich.

»Was für Listen?«

»Jede Art von Listen. Listen beruhigen mich.«

Ich stand in meiner dunklen Wohnung und ruderte mit den Armen in meinen Morgenmantel hinein. Als das Telefon geklingelt hatte, wollte ich gerade zu Bett gehen. Ich blickte zum Fenster hinaus und über den Innenhof auf die Fassade des Hinterhauses. Ein Fenster war beleuchtet. Ich sah ein Aquarium und über dem Aquarium ein Bücherbord, und ich dachte, wie unvernünftig es doch ist, Bücher über ein Aquarium zu stellen. Die Wohnung lag im Erdgeschoß, ich blickte von oben in sie hinein, ein Stück Fußboden konnte ich noch sehen. Und ich konnte auf dem Stück Fußboden den Schatten eines Menschen sehen, und ich konnte sehen, dass dieser Mensch einen Arm bewegte.

»Dieser Nachbar«, fragte Richard, »dieser Herr Amann, lebt er noch?«

»Wenn er über hundert ist, ja.«

Es war eine Frau. Sie trat ans Fenster und blickte zu mir herauf. Sie konnte mich, wenn überhaupt, nur als Schatten sehen. Ich stand im Dunkeln und obendrein zwei Schritte vom Fenster entfernt. Ich hob die Hand und winkte ihr zu. Sie winkte zurück.

»Es nimmt gefährlich überhand«, sagte Richard. »Inzwischen beschäftigen sich mehr als die Hälfte meiner Gedanken mit der Frage, warum ich geworden bin, wie ich bin.«

»Hast du probiert, auf dem Rad zu fahren?«, fragte ich.

»Ja. Durch die Wohnung.«

»Und?«

»Es war ein Erfolg.«

Die Frau zog die Vorhänge vor, rote Vorhänge. Dann löschte sie das Licht.

»Halt mich auf dem Laufenden, Richard«, sagte ich und legte auf.

Die schöne Jetti

Wenn Robert Lenobel abends bei mir in der Küche sitzt, geht es mir an den folgenden zwei Tagen gut, und das liegt ganz bestimmt nicht an ihm. Man kann zusehen, wie ihm der Bart wächst. Er kommt um acht blankrasiert, und wenn er um eins geht, sind Wangen und Kinn blau. Er wäre mein Psychoanalytiker, wenn ich einen nötig hätte. Er behauptet, ich habe einen nötig. Er isst, erzählt, und weiß nicht, was er gegessen hat. Ich mag ihn nicht besonders.

Aber: Er ist der Bruder von Jetti. Jetti wohnt im Haus neben mir. Mit ihr hatte ich – das ist zwanzig Jahre her! – eine große Liebe. Damals wohnten wir an verschiedenen Enden der Stadt. Wenn wir uns heute treffen, was merkwürdigerweise immer zufällig geschieht, dann sprechen wir es aus: »Es war eine große Liebe«, sagt sie. Und ich sage das auch. Ich betone ein anderes Wort in dem Satz. Wenn sie auf das »war« den Akzent legt, mache ich Druck auf das »große«. Wir variieren, das ist unser Flirt. Wir gehen heute beide davon aus, dass wir mit ein wenig mehr Geschick und ein wenig weniger Nervosität eine dauerhafte, angenehme Verbindung zustande gebracht hätten – was wir damals mit Grauen geahnt hatten und was wir heute nicht schlecht finden würden. – Ich würde es gut finden. Sehr gut.

»Als Jetti siebzehn war«, erzählte Robert irgendwann, »wurde sie auf einmal so schön, dass die ganze Schule durcheinander geriet.« – Hier muss ich bereits unterbrechen. Ich sagte, ich mag ihn nicht besonders. Ich kann ihn nicht leiden. Seine Art, Sätze zu drehen, Wörter auszusuchen, als wären sie Teile des Familiensilbers, verabscheue ich. Der Gedanke, dass er in dem gleichen Mutterschoß gelegen hat, in dem auch Jetti war, verwirrt mich. Ist mir peinlich. Daraus folgt: Ich kann ihn nicht sprechen lassen.

Bis zu ihrem siebzehnten Lebensjahr war Jetti ein hübsches Mädchen gewesen, unauffällig und unbeteiligt. Aber über die Sommerferien wurden ihre Haare lockig und der Mund und die Augen fanden zueinander. Sie wurde schön, man konnte zusehen, wie sie schön wurde, und sie wusste es auch und machte sich vor dem Spiegel noch schöner. Ihrem Bruder war das unheimlich.

Religion war bei ihnen zu Hause nie ein Thema gewesen, obwohl ihre Großeltern geschworen hatten, wenn sie den Hitler überleben, gute Juden zu werden und ihre Kinder und Kindeskinder zu guten Juden zu erziehen. Jettis Bruder war der einzige in der Familie, der sich manchmal innerlich über das Irdische hinaus erhoben fühlte – immer ausgelöst durch den Anblick seiner kleinen Schwester. Als wäre es seine gottgewollte Aufgabe, über ihr Glück zu wachen.

Es war klar, dass Jetti mit Glück vergoldet war, das war allen in der Familie klar. Die Familie lebte auf das Glück zu, das Jetti hieß.

Nach diesen Sommerferien haben sich die Lehrer in Jetti verliebt und auch der Schuldirektor, sogar der Schulwart. Ihre Mitschüler haben das Werben nach wenigen Tagen verzweifelt aufgegeben. Einer von ihnen wartete vor dem Medizinischen Institut auf ihren Bruder, fasste ihn am Ärmel und zog ihn in eine Nische neben der steinernen Treppe, er konnte die Tränen nicht halten. Es hat ihn geschüttelt wie einen Geisteskranken. Er hat Robert Geld angeboten, wedelte mit dem Sparbuch in der Hand vor seinem Gesicht herum, und ist dann weggelaufen und drei Tage nicht mehr aufgetaucht, die Polizei hat ihn gesucht.

Die Frau des Mathematiklehrers schickte einen eingeschriebenen Brief an Robert Lenobel, bat ihn ins Café Sperl zu einer Aussprache.

Robert fragte: »Hat Jetti etwas mit Ihrem Mann?«

»Nein«, sagte sie, »bis jetzt noch nicht.«

»Lassen Sie meine Schwester in Ruhe«, sagte er.

»Was will Ihre Schwester eigentlich«, fragte sie.

»Was soll sie wollen?«, fragte Robert. »Muss sie etwas wollen? Muss sie Rechenschaft ablegen? Ich frage Sie doch auch nicht, was Sie wollen!«

»Es ist ein Unterschied«, sagt die Frau. »Wenn jemand so aussieht wie Ihre Schwester, gelten andere Richtlinien.«

Robert tat, als wäre er empört, aber in Wahrheit gab er ihr Recht.

Jetti war oberflächlich, und ihr Bruder fürchtet, sie ist es noch immer. Sie sieht nicht den Sturm hinter dem Gesicht eines Menschen. Jetzt ist sie zweiundvierzig und wartet immer noch auf den Richtigen. Sie ist einsam und weiß es nicht. Sie ist so diesseitig, das kritisiert ihr Bruder am meisten an ihr. Sie kratzt sich am Hintern, und wenn sie lacht, platzt sie heraus, und was man für Anmut hält, ist die

bloße Schönheit, und wenn die nicht mehr ist, dann wird aus Jetti Lenobel ein grauer Fleck.
Als Robert gegangen war, blieb ich noch eine halbe Stunde am Küchentisch sitzen. Die Nacht blühte vor mir auf wie in einem Film mit Fred Astaire und Ginger Rodgers. Jetti ist meine große Liebe, dachte ich. Die vielen Haare, die sie hat! Ein Flammenbogen von Schulter zu Schulter! Nichts Diesseitiges hatte sie für mich, wir haben nie miteinander geschlafen.

Ich wählte ihre Handynummer. »Jetti, wo bist du?«

»In Prag bin ich, im Hotel. Wo bist du?«

»Ich bin in München, auch im Hotel. Ich würde gern bei dir sein.«

»Ich würde auch gern bei dir sein.«

»Es war eine *große* Liebe.«

»Es war eine große *Liebe*.«

Die Rettung fuhr draußen vorbei. Jetti und ich, keine hundert Meter voneinander entfernt, hörten das Martinshorn auf der Straße und im Hörer.

»Wenn wir beide zu Hause wären«, sagte ich, »dann würde ich zu dir kommen.«

»Das wäre schön«, sagte Jetti.

Der Mann, der ich mit dreizehn war

Mein Daumennagel ist schmutzig, und ich weiß nicht woher. Er sieht aus, als hätte er sich ohne mein Wissen an etwas beteiligt. Als wäre der Daumen über ein Stempelkissen gerollt worden. Ein Daumen mit Doppelleben. Ich brauche dringend eine Zigarette. Früher war mein Daumen gelb vom Nikotin. Dass ich heute Nacht gegen meine Vorsätze verstoßen möchte, werte ich als Zeichen dafür, dass ich mich doch noch irgendwie liebe. Ich liebe mich sonst nämlich nur in den Erinnerungen. Oder in meinen Träumen. Den, der ich in meinen Träumen bin, der am Ufer eines breiten Stromes sitzt und dreizehn Jahre alt ist und klüger als sein versoffener Vater und klüger als seine gefühllose Mutter; den, der eine Jacke besitzt, die ihm mehr bedeutet als alles, was sich im Haus seiner Eltern befindet; den, der raucht. Seine Hände sind schmutzig, nicht nur sein Daumennagel. Und die Finger führen kein Doppelleben, es ist das Leben des Mannes, der dreizehn Jahre alt ist.

Als ich anfing, mich jeden Tag zu duschen, mir jeden Tag frische Unterwäsche anzuziehen, von da an habe ich aufgehört, mich zu lieben. Mit dreizehn habe ich mich so sehr geliebt, dass ich darüber gar nicht nachdachte. Ich saß am Rhein und schaute hinüber zur Schweizer Seite und dachte, ihr seid schlechter dran als ich. Der Fluss machte einen Bogen zu unserer Seite hin, und das hieß, er trug sein Treibholz gerade auf mich zu, während die Schweizer so gut wie gar nichts von seinem Holz abbekamen, das doch zur Hauptsache sie spendierten, denn die wilden Regengüsse fielen in Graubünden. Ich dachte: Der Rhein mag euch nicht, uns mag er. Ihr habt keinen Krieg gehabt, wir schon. Aber trotzdem mag uns der Rhein lieber als euch.

Ich hatte ein gut zwei Finger dickes Seil bei mir. An einem Ende war ein Anker befestigt. Den hatte ich von Albert Scheffknecht bekommen, der in der Sattlerei neben der Einfahrt zum Autohändler Beck arbeitete. Er machte aber auch eigene Geschäfte, war etwa zwanzig und wird ab seinem fünfundzwanzigsten Lebensjahr acht Jahre lang in einem spanischen Gefängnis sitzen. Wenn er zurückkommt, wird ihm eine Seite des Gesichts herunterhängen. Für den Anker habe ich ihm ein Paar Lederhandschuhe meiner Mutter und eine Kristallkaraffe gegeben. Die Karaffe stand in unserem Keller hinter dem Eingeweckten, niemand fiel auf, dass sie fehlte. Im folgenden Winter aber fragte meine Mutter nach ihren Handschuhen, und die ganze Familie kroch einen Tag lang im Haus herum, um sie zu suchen. Man fand sie nicht und sagte: »Da kann man nichts machen, Sachen gehen eben verloren.« Woher der Anker sei, fragte mich niemand. Ich zog mit ihm Baumstämme aus dem Wasser, die gehörten mir. Ich richtete sie her, hackte die Äste ab, sägte sie zurecht, schichtete sie zu einer Holzmauer. Die stand zehn Jahre lang auf dem Damm, dann ging der Rhein über und nahm mein Holz mit.

Das fiel mir alles ein, als ich meinen dreckigen Daumennagel anschaute.

Ich rief Richard an.

»Du bist glücklich«, sagte er, »ich höre es an deiner Stimme.«

»Sei mir nicht böse, dass ich dich geweckt habe«, sagte ich.

»Ich habe nur dünn geschlafen«, sagte er. »Lass mich an deinem Glück teilhaben.«

»Ich brauche eine Zigarette«, sagte ich.

»Ich denke, du rauchst nicht mehr?«

»Mit dreizehn habe ich geraucht. Nie mehr habe ich so selbstverständlich geraucht wie mit dreizehn. Ich habe den Rauch durch die Nase abgelassen, und wenn ich mit jemandem geredet habe, habe ich den Rauch aus dem Mund heraus gesprochen. Wenn ich an den denke, der ich damals war, dann liebe ich mich heute noch.«

Ich hörte Richard seufzen. »Erzähl mir! Erzähl mir!«

»Warte«, sagte ich, »bleib neben dem Apparat sitzen, ich rufe dich in fünf Minuten an. Ich hol mir Zigaretten.«

»Dann will ich auch rauchen«, sagte Richard.

»Das solltest du lieber nicht«, sagte ich.

»Warum du und nicht ich?«

»Weil du gleich weitermachst und morgen wieder drei Schachteln rauchst«, sagte ich. »Das tu ich nämlich sicher nicht. Und außerdem bist du viel zu dick, das sind Risikofaktoren.«

»Scheiß drauf!«, sagte er und legte auf.

Ich fuhr mit dem Lift nach unten und zog mir aus dem Automaten neben der Apotheke eine Schachtel Marlboro.

»Was für eine Marke hast du gekauft?«, fragte ich Richard.

»Meine alte«, sagte er.

Und dann erzählte ich ihm aus der Zeit, als ich dreizehn und ein älterer Mann gewesen war, als ich später je gewesen sein würde.

»Die wievielte rauchst du?«, fragte ich am Ende.

»Im Aschenbecher liegen sechs ausgedrückte«, sagte Richard.

»Also dann noch eine und dann gehen wir ins Bett«, sagte ich.

»Ich wär gern dein Freund gewesen mit dreizehn«, sagte er.

»Mit dreizehn hatte ich keine Freunde«, sagte ich.

Sprich ruhig weiter!

Richard ist mein Tagebuch. Das funktioniert erst, seit er mir erlaubt, ihn bei seinem richtigen Namen zu nennen. Wir sind beide um die fünfzig, es macht uns nicht jünger, wenn ich ihn Caligula nenne. Den Spitznamen hat er aus seiner Schulzeit. Als er dünn war. Dieser Mensch, hundertsechzig Kilo, war einmal dünn. Ein Stiefelchen. Er hat mir noch nie seinen Bauch gezeigt. Wir treffen uns nicht mehr. Vor etlichen Jahren waren wir beide Stammgäste im Café Sperl. Das ist vorbei.

Heute Nachmittag dachte ich schon einmal: Das ist vorbei. Da war etwas anderes vorbei gewesen.

Der Himmel war geteilt in Hellblau und wolliges Grau. Der Föhn blies durchs Tal, holte sich Druck im Bett der U-Bahn, die in diesem Teil der Stadt zwar in der Erde, aber nicht unter der Erde verläuft, und ich dachte mir den Geruch von dem Müllberg dazu, den ich in der Kindheit riechen konnte, wenn der Föhn vom Säntis herunter über das Rheintal raste und Dinge kaputtmachte, die dann weggeworfen wurden und die dazu da waren, gefunden zu werden. Wenn ich über die Felder gegangen war, die Abkürzung zum Müllberg, habe ich in den Himmel geschaut, der zweigeteilt war in Gut und Böse, gut war der Föhn, böse sein Zusammenbruch, und ich hatte gedacht: Was wird einmal aus mir? Das habe ich heute Nachmittag nicht fertiggebracht zu denken. Und in der Nacht um eins am Telefon habe ich Richard davon erzählt.

»Mir war, als wäre mir schriftlich versichert worden, dass diese Art von Glück vorbei sei«, sagte ich.

»Sprich ruhig weiter«, sagte er.

Gestern hatte ich zu ihm gesagt: Sprich nur weiter! Gestern hatte mir Richard erzählt, er sei von Leuten gebeten worden, bei einer Benefizveranstaltung für die Krebshilfe in einer Rockband den Bass zu spielen. Er sei nämlich vor dreißig Jahren ein sauguter Bassist gewesen. Er habe die Leute gefragt, wie sie auf ihn gekommen seien, sie aber hätten nur gelacht und seien herumgehüpft, hätten Luftgitarre gespielt und Luftschlagzeug und hätten schließlich gefragt, ob er seinen Fender Precision noch besitze. Und dann, erst nach langen ratlosen Minuten seien ihm die Gesichter der Leute irgendwie ... und auf einmal habe er sie erkannt ... die alte Band. Harry, der Schlagzeuger, ein Wichtigtuer mit einem Kalkgebiss, ja, klar, wie hätte er ihn erkennen sollen, der hatte damals das Maul voll mit schwarzbraunen Stinkstummeln. Dann der Stratocaster-Gitarrist Armin Fenkart, genannt Flämmli, heute ein Arzt, dem das Recht zu heilen abgesprochen worden war, weil er seinen Patienten Marihuana gegeben hatte, selber hat er nie geraucht, nicht einmal Lucky Strikes wie alle anderen. Der Armin habe der Welt zeigen wollen, dass er trotzdem ein guter Mensch sei, und habe darum das Benefiz organisiert. Verschiedene Bands und als Höhepunkt *The Slopping Heads,* eben sie. Drei Nummern: *Get Off Of My Cloud, Honky Tonk Woman, The Last Time.*

An dieser Stelle hatte Richard eine lange Pause gemacht, und ich hatte gesagt, er solle ruhig weitersprechen, und er hatte gesagt, ja, aber nur, wenn ich ihn morgen als Tagebuch verwende, und ich sagte, das wolle ich gern tun.

Dann sagte er: »Es geht mit dem Bass nicht.«

Ich sagte: »Warum nicht?«

Er sagte: »Weil ich zu dick bin, es sieht niederschmetternd aus.«

Ich sagte: »B. B. King ist auch dick, nicht weniger als du.«

Er müsse darüber nachdenken, sagte er, er müsse sich ein Bild eines dicken Bassisten kreieren. Dann verabschiedeten wir uns und legten auf.

Heute rief ich ihn an. Er habe auf meinen Anruf gewartet, sagte er. Ich erzählte ihm vom Föhn am Nachmittag und von meiner Sehnsucht danach, mich irgendwann wieder einmal auf die Zukunft freuen zu können.

»Sprich ruhig weiter«, sagte er.

»Ich ging über den Naschmarkt«, sagte ich. »Ein Bogen Packpapier, mit dem ein Händler die Auberginen abgedeckt hatte, ist vom Wind hochgehoben und auf die Straße geweht worden, so groß wie ein Mann war es und sah aus, als wäre es ebenso schwer. Der Wind hat es vor sich hergetrieben, Hals über Kopf und die Straße hinunter, zwischen den Autos hindurch, am Pool Club vorbei, beim Chinesen vorbei. Da kam ein Toyotakleinlaster und fuhr darüber. Ein Mann wäre nicht mehr aufgestanden, den hätte der Wind nicht mehr vor sich hergeweht in Richtung Innenstadt.«

»Sprich ruhig weiter«, sagte Richard.

»Es war die Nacherzählung eines Gedichtes von William Carlos Williams«, sagte ich.

»Aber du hast das doch erlebt?«, fragte er.

»Ja, aber in anderen Worten. Was machst du gerade?«, fragte ich. Weil er sich anhörte, als bewege er sich durch die Wohnung.

»Ich übe, mich auf der Bühne zu bewegen«, sagte er.

»Mit dem Bass?«

»Es ist ein Fender Precision, Baujahr 1961.«

»Das sagt mir wenig.«

»Es ist aber wichtig. Für mich. Für das Bild, das ich mir von mir gemacht habe. Ich werde sozusagen das Gegenstück zu Keith Richards sein. Keith Richards gibt es bereits, keiner braucht eine Kopie. Aber ein Anti-Keith-Richards – das hab ich noch nie gesehen. Ich werde auf der Bühne den alten, fetten, dreckigen, heruntergekommenen Idioten spielen, der nie lacht, dem irgendwann vor dreißig Jahren die Läufe auf diesem wunderbaren Instrument eingeimpft worden waren und der ohne eigenes Zutun ein Naturgenie ist. Wie die Idioten in amerikanischen Actionfilmen, die wirklich Idioten sind, verkommen und schlecht und stinkig, die einen winzigen Schwanz haben und nicht an Gott glauben, aber die einzigen sind, die ein hochexplosives Was-weiß-ich-was exakt in eine Position zu bringen in der Lage sind, so dass am Ende die Welt gerettet wird. So einer.«

»Der wird gut, Richard«, sagte ich. »Bis morgen!«

»Bis morgen«, sagte er.

Unsere Hymne

Zu den *Trittico retard* habe ich heute noch zwei ganze *Lexotanil* genommen. Mit Bier. Der Blutdruck ist heruntergesackt auf 119 zu 69, und als Richard anrief, hatte ich einen Zungenschlag, als wäre ich sturzbetrunken.

»Zu was für einer Sorte von Menschen gehören wir beide?«, fragte er.

»Nicht einmal wir beide gehören der gleichen Sorte an«, sagte ich, und es tat mir sofort leid, denn es musste sich so anhören, als wollte ich nichts mit ihm zu tun haben, meine Zunge dieses bemooste, mühlsteingroße Schwungrad.

Dann hörte ich Richard an meinem Ohr weinen. Ich sah vor mir seine hundertsechzig Kilo über den Bürostuhl rinnen wie zähes Plastilin. Sein Körper macht, dass sich die Gefühle in meiner Seele sortieren, links die Braven, rechts die Faschisten, und dann Befehl, die Braven sollen ihre Mäntel ausziehen, und am Ende steht links niemand mehr.

»Fällt es dir so wahnsinnig schwer, weniger zu essen?«, fragte ich.

»Ich esse ja gar nicht viel«, schluchzte er.

»Doch, das tust du. Ich habe dich beobachtet.«

»Wann hast du mich beobachtet?«

»Ein Jahr, bevor Renate von dir weggegangen ist, habt ihr mich zum Essen eingeladen. Aus Mitleid. Du hast gekocht. Rollbraten mit Kartoffelpüree und Bohnen. Du hast dir selbst nur ein Vogelmenü geschöpft, nicht einmal halb so viel wie Renate. So eine arme Sau, habe ich gedacht ...«

»Ich werde dich nie wieder anrufen«, unterbrach er mich, »aber jetzt will ich zu Ende hören, was du mir erzählen willst.«

»Es war in eurer alten Wohnung, die so hell war wie ein Filmstudio, und trotzdem war Renate schön. Du auch. Der Kopf. Du hast einen schönen Kopf. Einen Kopf wie Nero. Und dann hast du den Tisch abgeräumt und bist in die Küche gegangen, die Daumen in den Tellern, und Renate und ich haben irgend etwas geredet. Ich weiß, was für einen Pullover sie getragen hat, nämlich einen hellblauen Angorapullover, der gut zu ihrem Mund passte, obwohl ihr Mund niemals, den ganzen Abend nicht, niemals so war, wie er in Wirklichkeit ist. Das hättest du ihr am Schluss noch an den Kopf werfen können: ihren Talk-Show-Mund. Und dann wussten wir irgend etwas nicht, und ich habe die Durchreiche aufgemacht, weil ich dich fragen wollte, dich, den Experten in allem, und da habe ich dich gesehen: den großen Stahltopf zwischen deine Knie geklemmt, den Salatlöffel aus Naturhorn in der Hand, so hast du das Püree in dich hineingeschaufelt. Die Haut unter deinen Ohren war blau. Renate hat dich ebenfalls gesehen. Ich habe die Klappe zufallen lassen, du hast nichts gemerkt, und ich war so gespannt, wie mich Renate jetzt gleich ansehen wird. Solidarisch mit dir oder nicht solidarisch mit dir. Sie hat mich angeschaut, aber ich habe nicht herausfinden können, ob ihr Blick etwas sagen wollte.«

»Von nun an«, sagte Richard, seine Stimme hatte Festigkeit gewonnen, »von nun an haben wir beide nichts mehr miteinander zu tun. Wir brauchen kein Theater daraus zu machen. Es ist nicht nötig, dass wir uns nicht grüßen, wenn wir uns auf der Straße treffen oder im Kaffeehaus. Aber anrufen nachts um eins – nie wieder.«

»Richard«, sagte ich, »ich bin voll mit legalen Drogen.«

»Scheiß drauf«, sagte er und legte auf.

Ich kniete mich vor mein Bett auf den Boden und betete zu Gott, er möge Balsam in Richards Seele gießen und auch in meine. Dann legte ich Duke Ellington und sein famoses Orchester in den CD-Player, wählte Cut 15, *Solitude,* und wünschte, ich wäre eines der Saxophone, geduldig und stumm an den Tagen, die mir ganz allein gehören, und dann die Nächte, in denen sie sich über mich hermachen. Was für Gründe wir auch unserem Leiden unterlegen, ist das Leiden erst groß genug, emanzipiert es sich von all seinen Ursachen, es schafft die Demokratie unserer Erfahrungen ab. Die Glücklichen bessern sich nicht, warum auch, das Glück belohnt selbst ihre Miesheiten. Vor ein paar Jahren stürzte ein Mann vor unserem Haus vom Motorrad, er schlitterte über die Straße und geriet mit dem Kopf unter ein Auto. Es ist ihm nichts passiert. Ich war Zeuge und ein halbes Dutzend von den verschiedensten Sorten auch. Der Mann ist aufgestanden, hat sein Motorrad aufgehoben, hat es an den Straßenrand gestellt und ist zu uns herübergekommen. Dass er ein irrsinniges Glück gehabt habe, sagten wir. Das wisse er, sagte er, er habe immer Glück.

Ich rief bei Richard an. »Verzeih mir«, sagte ich.

»Weißt du, dass ich neben dem Telefon sitze, seit ich aufgelegt habe?«, sagte er.

»Verzeihst du mir?«

»Ich habe dir längst verziehen. Nimm jetzt keine Tablette mehr. Versprichst du mir das?«

»Ich verspreche es dir«, sagte ich.

»Was hörst du?«

»Unsere Hymne«, sagte ich.

Hundert

Wir duzen uns inzwischen. Aber nur am Telefon. Ich habe das nicht gewollt. Aber schuld bin ich. Das kam so:

Ich habe eines Tages bemerkt, dass ich laut vor mich hinrede; dass ich immer wieder ein Wort sage: »Hundert.« Ich habe gehört, wie ich mit drohendem Ton in der Stimme »Hundert!« sage. Da wusste ich, ich musste etwas tun.

Neben der Eingangstür in meiner Wohnung liegen zwei feuchte Handtücher am Boden. Ich betrete meine Wohnung, schließe die Augen, ziehe langsam die Luft in meine Nase. Wenn mich irgendetwas anderes erwartete als gewöhnlich, würde ich es riechen. Es riecht nach Curry von der Küche her. Vor ein paar Jahren habe ich von meinem Verlag ein nettes Sortiment mit indischen Gewürzen zu Weihnachten geschenkt bekommen. Obwohl die Säckchen mit den verschiedenen Mischungen eingeschweißt sind, sickert doch ein wenig von ihrem Duft in meine Wohnung.

Ich liebe meine Wohnung, aber ich liebe sie auf eine verzweifelte Art, wie man die Vergangenheit liebt, in der man ein anderer war – ich der Bewohner eines Romans von Mark Twain, ausgestattet mit der süßen Melancholie eines freien Menschen, der diese Freiheit nicht einmal ansatzweise definieren kann.

Ich ziehe meine Schuhe aus, bereits im Lift habe ich die Schuhbänder aufgeknotet, wie ein Bräutigam, der seine Braut besucht, so freue ich mich auf meine Wohnung. Ich stelle mich auf die feuchten Handtücher und wandere in mein Arbeitszimmer hinein, zum CD-Player, schalte meinen Duke ein, der so klingt, wie Curry riecht. Mit erhobenem Haupt sage ich: »Ich.«

Und dann hatte ich nicht mehr »Ich« gesagt, sondern »Hundert!«. Da wusste ich, ich musste etwas tun. Man kann auch glücklich sein, wenn man verrückt ist; aber das möchte ich lieber nicht. Professionell wäre es gewesen, wenn ich Robert Lenobel angerufen hätte. – Ich habe Frau Micheluzzi angerufen.

Ich habe mein Telefon quer durch mein Arbeitszimmer getragen, stellte mich vor die Wand, die meine Wohnung von ihrer trennt, wählte ihre Nummer und hörte zu, wie es hinter der Wand klingelt.

»Ich habe gehofft, dass Sie es sind«, sagte sie.

»Es besteht die Gefahr, dass ich verrückt werde«, sagte ich. »Ist es möglich, dass Sie auf mich aufpassen? Ich bin heute Abend nach Hause gekommen und habe ›hundert‹ gesagt.«

Sie lachte. Sie lachte glücklich. Sie sagte: »Oh, Baby!«

Ich kniete mich nieder. Wenn einem wie mir Gott erschiene, es wäre einem wie mir peinlich. Aber vierundzwanzig Stunden später rief ich sie wieder an. Ich hörte Musik bei ihr drüben. Ich hatte mir vorgenommen, wenn sie sagt, ich solle doch einfach zu ihr hinüberkommen oder sie werde einfach zu mir herüberkommen, dass ich dann ordinär lache und auflege.

Sie sagte: »Ich habe gehofft, dass Sie es sind. Wie steht es mit Ihrer Verrücktheit?«

»Ich habe gehofft, dass Sie danach fragen«, sagte ich. »Ich habe viel nachgedacht.«

»Oh, Baby«, sagte sie wieder. Ich steckte mir die Faust in den Mund. Aber vierundzwanzig Stunden später rief ich abermals bei ihr an.

»Ich habe es heute nicht gesagt«, eröffnete ich die Partie. »Aber ich denke immer noch darüber nach.« – Ich blickte in den Spiegel, der zwischen den beiden Fenstern hängt. Der Verdruss stand mir deutlich und erbärmlich ins Gesicht geschrieben. – »Hundert«, fuhr ich fort, »soll eigentlich tausend heißen. Das habe ich rausgekriegt. Wenn man so vor sich hin ›hundert‹ sagt, meint man tausend, und tausend steht für mehr, als man glaubt, bekommen zu können. Ich will damit sagen, mir fehlt es an Wesentlichem. Als ich dreizehn war, meinte ich, es sei ein guter Start, wenn man auf seine Schuhe achtet. Ich besaß ein Paar knöchelhohe Lederschuhe in der Farbe herbstlichen Buchenlaubs. Jeden Tag habe ich sie eingefettet. Mein Lumberjack und meine Lederschuhe, die waren mein Rüstzeug. Heute präge ich mit tiefem Hass ein Wort für eine unsichtbare Ordnung, die mich bei all meiner Freiheit in Schranken hält.«

Ich stellte mir eine Frau vor, die sie nicht war, eine harte knochige Frau, die mit streng zusammengekniffenen Augen durch eine randlose Brille blickt.

»Wir könnten einmal in der Woche füreinander kochen«, sagte sie. »Das wäre praktisch, und es wäre nichts dabei. Einmal ich, einmal ...«

Schnell sagte ich: »Und einmal ich.«

»O ja, Baby«, sagte sie.

Ich hätte gern meinen Arsch zum Fenster hinausgestreckt zum Zeichen für die Verachtung, die ich augenblicklich für alle von Gott mit Liebe ausgestatteten Wesen empfand. Das will jeder irgendwann einmal, das ist völlig normal.

»Ich fange morgen damit an«, sagte sie. »Was magst du?«

»Alles mit Nudeln«, sagte ich.

Sie ist nicht in meine Wohnung gekommen, und ich bin nicht zu ihr hinübergegangen. Wir haben nichts ausgemacht, keine Uhrzeit, nicht, wer den Wein mitbringen soll, und auch nicht, ob einer einen Nachtisch mitbringen soll. Sie mag Musik, die ich mag. Ich höre sie durch die Wand hindurch. Ich lege mein Ohr an die Dispersionsfarbe, und die Wand kühlt meinen Kopf. Dazu sage ich drohend, eisig, langsam, tückisch: »Hundert!«

Ich habe heute einen guten Tag gehabt

Heute ist mir etwas Freundliches passiert; unabhängig davon spürte ich den ganzen Tag schon, dass alles gut wird. Wem sollte ich meine Geschichte erzählen? Drei kamen in Frage: Richard, Jetti und vielleicht noch Frau Micheluzzi – nur drei. Ich brauche dringend neue Menschen, wollte ich laut in meine Wohnung hineinsagen, tat es dann aber doch nicht, weil ich mir vorgenommen hatte, die Zeit, als ich laut in meine Wohnung hineinsprach, mit dem heutigen Abend enden zu lassen.

Ich ging in der Nacht noch einmal hinaus. Ein sprühfeiner Nebel lag über der Gasse, mein Gesicht wurde ein wenig feucht, es wurde feucht und trocknete und trocknete ein wenig langsamer, als es feucht wurde, weswegen es feucht blieb. – Diesen Satz dachte ich, und er war mir ein weiterer Beweis dafür, dass alles gut wird. Der Satz ließ sich nämlich singen. Ich sang ihn leise in meinen Mantelkragen hinein, aus dem die Wärme meines Körpers stieg, und es gelang mir, was ich mit dreizehn, wann immer mir danach war, spielend zusammengebracht hatte, nämlich an meine Einbildung zu glauben. Mein Herz schlug gegen die Mantelknöpfe, ich sah mich die schwarz bemalten Bühnenbretter betreten, geblendet von zwei Scheinwerfern, sah mich hineinsteigen in den steil aufwachsenden Applaus, bis ich stehen blieb vor dem Silberzauberstab, an dem das Mikrophon befestigt war: Ladies and Gentlemen!

Dann stellte ich mich in eine Hauseinfahrt und rief Richard an. Aber ich sagte nicht, ich wolle ihm etwas erzählen; ich sagte: »Bitte erzähl mir etwas aus deiner Zeit als Bassist!«

»Aus meiner Zeit als Bassist willst du etwas wissen«, seufzte er. »Danke. Danke!«

Und diese Geschichte erzählte er mir:

»Zu jener Zeit, als ich ein Drittel meines jetzigen Gewichts wog, bin ich einmal zusammen mit meiner Band als Vorgruppe der *Spencer Davis Group* aufgetreten. In Berlin, mein lieber Freund, in Berlin. Ich habe den Leuten die Hosen ans Schienbein geblasen. Ich habe mich hinter meinen Haaren versteckt und mir gesagt, Caligula, du bist nicht der Bassist, der du bist, sondern der Bassist der Spencer Davis Group, und nicht Armin ›Flämmli‹ Fenkart reißt die Stratocaster an und singt, sondern Steve Winwood. Und dann war unser Auftritt fertig. Aber ich bin nicht von der Bühne ab, ich habe weitergespielt, ein Pausensolo, das hat keinen gestört. Spencer Davis mit Sonnenbrille ist auf die Bühne gekommen und die anderen sind hinter ihm her und haben sich die Gitarren umgehängt und haben sich ans Schlagzeug gesetzt und haben eingesetzt, in mein Solo haben sie eingesetzt. *I'm a man.* Ich will umfallen, wenn es nicht wahr ist.«

»Geht die Geschichte weiter?«, habe ich gefragt.

»Sie ist hier zu Ende«, sagte Richard.

»Eine schöne Geschichte«, sagte ich, »ein guter Bogen«, und klappte mein Handy zu.

Dann bin ich weiter durch die Gassen geschlendert, habe den Nebel eingeatmet und weiter in meinen Mantelkragen hinein gesungen. Mein Körper war wohlgeheizt, ein Haus, und mein Magen war der Keller. Hinter einem Mann bin ich hergegangen. Ohne Absicht. Es hat sich so ergeben. Ich sah, dass der Mann ein Handy aus der Manteltasche nahm und eine Nummer eintippte. Er verlangsamte den Schritt, ich schloss auf, blieb aber hinter ihm, so weit, dass es nicht auffiel, aber doch so nah, dass ich hören konnte, was er sagte.

Das hörte ich:

»Ich habe heute einen guten Tag gehabt.«

»Ich habe meine Ursula getroffen.«

»Der Rücken tut ihr nicht mehr weh.«

Dann habe ich den Mann überholt, und als ich dicht neben ihm war, sagte ich: »Es freut mich, dass es ihr besser geht.«

Und er sagte: »Danke.«

Es gibt Leute, sagt der Philosoph, die zu Dummköpfen bestimmt sind. Sie begehen Dummheiten nicht nur aus eigenem Antrieb, sondern sie werden vom Schicksal dazu gezwungen. So einer bin ich nicht, dachte ich.

Ich sah das Spiegelbild meiner Gestalt in einem Schaufenster. Dahinter lagen Metallwaren. Er gefiel mir. Dem traute ich einiges zu. Mein Bewohner. Man kann nicht dumm und nicht böse sein, wenn es einem gelingt, zweimal innerhalb einer Viertelstunde von zwei verschiedenen Menschen Danke gesagt zu bekommen.

Ich habe heute einen guten Tag gehabt, das ist wahr. Ich brauche auch nicht mehr dringend jemanden, dem ich meine freundliche Geschichte erzählen kann. Es ist nicht unmöglich, den zum zweiten Mal zu lieben, den man zu lieben aufgehört hat.

Ich liebte mich und schlief gut ein und brauchte nicht eine Pille dazu. Es geht aufwärts. Ich nehme den Silberzauberstab in meine Hand: Ladies and Gentlemen!

Das Unvorhergesehene

Jetti rief an, und weil sich ihre Stimme so elend anhörte, erzählte ich ihr folgende Geschichte:

»Wir waren in unserer Straße die letzten, die sich ein Telefon anschafften. Als ich zehn war, wurde eines Nachts an unsere Haustür gepocht und dann geklingelt und dann gepocht und geklingelt. Mein Vater war nicht zu Hause, er war bei einer Gewerkschaftssitzung oder bei Gewerkschaftsverhandlungen, in Wien oder vielleicht auch nur in Steyr.

Wenn meine Mutter und ich allein waren, dann wollte sie, dass ich im Ehebett schlafe, weil sie sich allein fürchte. Ich fragte sie, wovor sie sich denn fürchte.

Sie sagte: »Dass etwas Unvorhergesehenes passiert.«

Ich sagte: »Ich kann mir nicht vorstellen, dass so etwas passiert.«

Da sagte sie, ich hätte keine Ahnung von Leben, ich sei zu jung und zu blöd.

Und dann geschah eben doch etwas Unvorhergesehenes.

Die Nachbarin stand vor der Haustür, eine Steppjacke über dem Nachthemd, den Oberkörper vorgebeugt, als hätte sie am Schlüsselloch gehorcht. Meine Mutter sagte, ich solle ins Bett gehen. Aber ich blieb oben über der Stiege stehen und hörte alles.

»Ihre Schwester ist am Telefon«, sagte die Nachbarin.

Mir kam vor, sie konnte nur schwer das Grinsen unterdrücken. Aber das wusste ich auch mit zehn schon, dass man leicht einen Lachkrampf kriegen kann, wenn etwas Furchtbares, eben etwas Unvorhergesehenes, passiert ist.

»Ich komme gleich«, sagte meine Mutter.

»Ihre Schwester hat gesagt, wenn Sie nicht kommen, dann ...«

»Sagen Sie nicht, was sie gesagt hat«, unterbrach meine Mutter sie. Ihre Stimme schnellte in die Höhe, am Ende war es ein Anschreien.

»Ich richte ja nur aus«, sagte die Nachbarin.

Ich warf meiner Mutter den Mantel meines Vaters zu, der das ganze Jahr über an der Garderobe hing und den nie jemand anzog. Im Stillen dachte ich: Das ist unser Katastrophenmantel. Das fiel mir so ein, aber das Wort hörte sich in mir drinnen an wie ein altbekanntes Wort. Das bestärkte mich in dem Glauben, dass der Mantel die ganze Zeit über nur darauf gewartet hatte, dass Frau Mangold – so hieß unsere Nachbarin – an unsere Tür schlägt.

»Schnell reagiert«, sagte meine Mutter zu mir. Sie hatte mich nämlich noch gar nicht gebeten, ihr den Mantel zu geben.

»Er ist vif«, sagte Frau Mangold. Mir war das recht, dass sie das vor meiner Mutter sagte. Nie hat mich einer blöd genannt, nur meine Mutter tat es und leider ziemlich oft.

»Geh zurück ins Bett«, sagte sie. »Schlaf weiter! Ich komm gleich.«

Ich legte mich ins Bett. Aber ich konnte nicht einschlafen. Also stand ich wieder auf und setzte mich auf die Treppe und wartete. Ich zum Beispiel fürchtete mich nicht im Geringsten vor etwas Unvorhergesehenem. Ich dachte über das Wort nach, und je mehr ich darüber nachdachte, desto mehr wunderte ich mich, dass sich meine Mutter vor dem, was das Wort meinte, fürchtete. Was heißt unvorhergesehen, fragte ich mich. Dass etwas nicht erwartet wird. Mehr heißt es nicht. Alles, was geschah, war im Prinzip nicht erwartet. Oder anders ausgedrückt: Was erwartete man eigentlich? So am Tag über. Ich will in die Küche gehen, um mir ein Marmeladebrot zu schmieren. Also erwarte ich, dass ich in die Küche gehe und mir ein Marmeladebrot schmiere. Aber dann sehe ich beim Fensterrahmen eine Spinne, die eine Fliege einwickelt. Also schaue ich ihr zu und vergesse, in die Küche zu gehen und mir ein Marmeladebrot zu schmieren. Also ist etwas Unvorhergesehenes passiert. Aber gefürchtet habe ich mich nicht. Keinen Augenblick lang.

Das war angenehm, so auf der Treppe zu sitzen und ins Schwarze hinein nachzudenken.

Nach einer Zeit wurde die Haustür aufgesperrt. Aber es war nicht meine Mutter, sondern Frau Mangold. Als sie mich sah, erschrak sie. Ob ich denn nicht im Bett sei, fragte sie.

»Nein«, sagte ich, »ich bin nicht im Bett.«

»Aber ich muss deiner Mutter melden, dass du im Bett bist«, sagte sie.

»Das geht schon in Ordnung«, sagte ich.

Einen Augenblick blieb sie in der Tür stehen. Dann sagte sie: »Nein, ich darf nicht verraten, was los ist.«

Um eins ist meine Mutter gegangen, um fünf kam sie zurück.

»Hast du so lange mit Tante Franziska telefoniert?«, fragte ich.

»Ja«, sagte sie. »Aber jetzt hat sie sich beruhigt. Jetzt will sie es nicht mehr tun.«

»Dann ist es in Ordnung«, sagte ich.

Jetti sagte, es werde ihr unheimlich, wenn sie daran denke, was sie alles vergessen habe in ihrem Leben. Dass sie zum Beispiel kein Bild habe, wer sie als Zehnjährige gewesen sei.

Aber wenigstens hörte sich ihre Stimme nicht mehr so elend an.

Unter dem Waggon

»Ich habe mich an deine Gutenachtgeschichten gewöhnt«, sagte Jetti am Telefon.

»Aber ich habe dir doch erst eine erzählt«, sagte ich.

»So schnell geht das bei mir«, flüsterte sie. »Also bitte, noch eine!«

»Ich ruf dich in zwei Minuten zurück«, sagte ich. »So lange brauche ich, um mich in meinem Leben umzusehen.«

Es wäre am einfachsten gewesen, ich wäre durch den Regen zu ihr hinüber gelaufen, hätte auch nicht länger gedauert, wir hätten uns ausgezogen und ins Bett gelegt, sie hätte ihren Kopf auf meinen Arm gelegt – aber das wollten wir nicht. Also wählte ich ihre Nummer.

»Die Mutter der Frau Mangold, unserer Nachbarin, von der ich dir gestern erzählt habe, war eine kleine Frau, ich bin nie einer kleineren begegnet. Sie war achtzig, als ich zehn war. Sie ist jeden Morgen in die Kirche gegangen, und weil das der gleiche Weg war wie mein Schulweg und wir uns gegenseitig schätzten, haben wir einander manchmal begleitet. Wir sind nicht bis zur Schranke gegangen, das war uns zu weit. Wir sind auf dem schmalen Pfad durch die Brennnesseln auf den Bahndamm hinauf gestiegen und dann über die Geleise zum Güterbahnhof, wo es immer nach Maggi gerochen hat oder so ähnlich. Der alten Frau Mangold hat es vor dem Geruch gegraust, mir nicht. Wenn mein Vater die Maggiflasche in die Suppe geschüttelt hat, hat es ähnlich gerochen. Ich habe meine Suppen auch gern kräftig gewürzt.

Einmal versperrte ein Güterzug unseren Übergang.

Ich sagte: »Heute müssen wir den Umweg machen.«

Aber sie sagte: »Wir können uns unter einem Waggon hindurch bücken, da ist für uns beide leicht Platz. Das machst du doch auch immer, wenn du allein bist.«

»Stimmt«, sagte ich.

Sie meinte, wenn sie einen Buckel machte, dann würde das genügen. Aber es genügte nicht. Sie war zu groß. Obwohl sie so klein war. Sie stieß immer wieder mit dem Kopf an.

»Wie machst du es, wenn du allein bist?«, fragte sie.

»Ich krieche«, sagte ich.

Sie war immer wie in Trauer gekleidet. Vor sehr, sehr langer Zeit war einer von den ihren gestorben, ich wusste nicht, wie sie zu demjenigen gestanden hatte, ob es eine Frau gewesen war, zum Beispiel ihre Tante oder ihre Tochter. Von mir war noch nie jemand gestorben. Ich hatte die alte Frau Mangold auch noch nie vorher richtig aus der Nähe betrachtet. Ihr Gesicht schon, aber das andere nicht. Ihr Gesicht mochte ich ganz gern, es war wie ein Holzapfel, der lange im Trockenen gelegen hat. Bei Äpfeln kannte ich mich aus. Meine Mutter hatte mir im Herbst erlaubt, Äpfel zu sammeln und im Keller ein Regal anzulegen. Man musste nur darauf achten, dass sie sich nicht gegenseitig und auch nur möglichst wenig den Boden berühren. Ich fertigte aus Spreißelholz einen feinen Rost an. Die Äpfel hat dann fast alle mein Vater weggegessen. Einmal sagte ich zu ihm: »Iss mir die Äpfel nicht weg!« Da hat er ein Theater gemacht. Dass der Sohn dem Vater die Vitamine nicht gönnt. Ich wusste, was Vitamine sind, und die waren mir ganz egal. Er aß die Äpfel, noch bevor sie gut waren. Boskop muss man ruhen lassen. Und dann sagte er noch, dass es inzwischen so weit sei, dass der Sohn mit dem Vater in einem Ausrufesatz redet. Das konnte ich an meinem Vater nie leiden: seine Aufgeregtheit. Immer war etwas endgültig oder ausschließlich oder nie oder immer. Dabei hatte er von gar nichts eine Ahnung. Ich hatte wenigstens von Äpfeln eine Ahnung. Und das Gesicht der alten Frau Mangold sah aus wie ein lange im Trockenen gelagerter Holzapfel.

»Dann krieche ich eben auch unten durch«, sagte sie. »Ich mache es dir nach.«

Und mitten unter dem Waggon hat sie sich den Knöchel verknackst. Sie konnte nicht mehr weiter. Und zurück konnte sie auch nicht mehr. Und es hat ihr weh getan. Und ihr Gesicht war nicht mehr freundlich. Ich habe mich in ihrem Charakter getäuscht. Sie hat mich beschimpft. Sie saß auf ihrem kleinen Hintern, hatte die Knie angezogen und keifte.

Ich sagte: »Greifen Sie lieber nicht an die Achse, sonst werden Ihre Hände schmutzig.«

Ich sagte: »Es besteht keine Gefahr, dass wir überfahren werden. Die Waggons haben keine Lokomotive, sie stehen einfach nur da.«

Ich sagte: »Wenn ich Sie an den Armen ziehe, schaffen wir es vielleicht.«

Sie wollte, dass ich den Fahrdienstleiter hole. Das habe ich getan. Zu ihm sagte sie, ich hätte sie aufgehetzt, ich hätte gesagt, es sei besser, unter dem Waggon hindurchzukriechen als bis zur Schranke zu gehen. Ich habe nichts zu meiner Verteidigung vorgebracht. Ich sah ihr nur mitten ins Gesicht, tief hinein in den Apfel. Aber ich glaube, es ist mir nicht gelungen, im Kerngehäuse meine Verachtung abzulegen.«

Gutenachtgeschichte für Jetti – Nummer zwei.

Der Abend verlief ruhig und gesprächig

Jettis Bruder hatte Kastanien mitgebracht. Und hatte seine neue Freundin mitgebracht. Er ist, schätze ich, Mitte vierzig, sie, schätze ich, Anfang zwanzig. Oder jünger. Sie hat von der Matura gesprochen. In einem Ton, aus dem ich schloss, dass die Matura nicht weit zurückliegen konnte. Sie heißt Vera, vermute ich. Dreimal hat Robert Gerda zu ihr gesagt, und sie hat nicht anders reagiert als bei Vera. Sie hat weit auseinanderliegende Augen. Sie hat mich taxiert. Ich bin mir in ihrer Gegenwart attraktiv vorgekommen. Wie ein erfahrener grauer Wolf. Wir saßen in der Küche, Robert schnitt die Kastanien ein und breitete sie über das Blech. Ich schraubte den Serranoschinken auf das Gestell und schnitt mit dem höllenscharfen Messer Späne ab und reichte sie weiter. Vera öffnete den Rotwein, den sie mitgebracht hatte. Da schlich ich mich aus der Küche und wählte von meinem Arbeitszimmer aus Jettis Nummer. Ich sprach auf ihren Anrufbeantworter. »Ruf an, Jetti«, sagte ich. »Bitte, Jetti, ruf mich an!« Dann holte ich den Whisky aus dem Kleiderschrank in meinem Schlafzimmer und ging in die Küche zurück.

»Er hat seinen Whisky nämlich im Kleiderschrank«, sagte Robert.

Vera sagte: »Ich habe letzte Woche meinen Vater tot aufgefunden. Er hatte seinen Whisky auch immer im Kleiderschrank.«

In die Stille hinein schellte das Telefon. Der Anrufbeantworter schaltete sich ein, ich hörte meine Ansage, dann Jettis Stimme. Was sie auf mein Band redete, verstand ich nicht. Robert warf mir einen Blick zu, der sagte irgendetwas, aber ich war mir nicht sicher, was er sagte. Er hätte sagen können: Das ist Jetti, ich kenne meine Schwester an ihrer Stimme. Oder: Was machen wir jetzt? Sollen wir über Veras toten Vater reden? Müssen wir über Veras toten Vater reden? Irgendwie schon, oder?

»Fragt ruhig«, sagte Vera.

»Wie ist er gestorben?«, fragte ich.

»Herzinfarkt«, sagte sie.

»Du hättest es mir sagen sollen«, stammelte Robert. »Dann wären wir vielleicht besser am Donaukanal entlangspaziert und hätten geredet. Ich hätte dir zugehört.«

»Das mit dem Whisky habe ich nicht gesagt«, fuhr Vera fort, als hätte Robert nicht einen Ton von sich gegeben, eigentlich als wäre er gar nicht da, »weil ich andeuten wollte, er sei Alkoholiker gewesen. Das war er nicht. Er hat so gut wie nie etwas getrunken.«

»Warum versteckt er dann den Whisky im Wäscheschrank?«, sagte Robert. Er war zornig, weil er ignoriert worden war.

Vera sagte nichts. Sie sah mich an. Ich sollte antworten. Schließlich versteckte ja auch ich meinen Whisky im Schrank.

»Ich tue das auch«, sagte ich. Ich wollte in normaler Lautstärke sprechen, aber die Stimme war ganz heruntergedreht.

»Was hat er gesagt?«, fragte Robert. Vera hatte mich verstanden.

»Das hat schon einen Grund«, sagte ich. »Ich trinke an einer Flasche Whisky fast ein Jahr. Das heißt, Whisky passt eigentlich nicht in mein Leben. Und deshalb passt er auch nicht in meine Wohnung. Wenn ich die Flasche jeden Tag sähe, das würde mir die Wohnung ein klein wenig fremd machen. Ich weiß nicht, ob man das versteht.«

Das Telefon klingelte wieder. Die beiden blickten mich an.

»Gehen Sie ruhig«, sagte Vera.

»Wenn es Jetti ist«, sagte Robert, »richte ihr Grüße aus. Ich kenne einen, der sie verehrt. Sag ihr das!«

Ich zog die Tür zu meinem Arbeitszimmer hinter mir zu. »Du fehlst mir, Jetti«, sagte ich. »Robert ist bei mir. Er hat eine junge Freundin. Ihr Vater ist letzte Woche gestorben.«

»Ich habe in meinem Leben mit drei Männern zusammengelebt«, sagte Jetti. »Alle habe ich sie betrogen, und zwar habe ich sie alle in der Phase unserer Beziehung betrogen, in der ich glücklich war. Als ich unglücklich war, war ich treu wie die Mutter Maria.«

»Jetti«, sagte ich, »wir machen jetzt Folgendes: Wenn die beiden gegangen sind, rufe ich dich an. Punkt eins. Und wenn du abnimmst, lege ich auf und komme zu dir hinüber. Einverstanden?«

»Ich warte auf dich«, sagte sie.

Der Abend verlief ruhig und gesprächig. Das heißt, wir redeten viel, aber wir redeten leise. Um halb eins gingen die beiden. Ich drückte Veras Hand und machte dazu ein amerikanisches Gesicht, das sollte sagen: Du schaffst es. Zu Robert sagte ich, so dass Vera es hören konnte: »Pass auf sie auf!«

Als ich allein war, setzte ich mich neben das Telefon. Um eins wählte ich Jettis Nummer. – Es ist doch nicht zustande gekommen, ich weiß nicht, warum nicht. Wahrscheinlich haben wir es zerredet. Wahrscheinlich wollten wir es beide nicht. Oder dachten beide, der andere will es nicht.

»Erzähl mir eine Gutenachtgeschichte«, sagte sie.

Das habe ich gern getan.

Die Existentialisten

Mein Vater erklärte die Weltlage. Mitten hinein sagte meine Mutter: »Erklär mir nicht die Weltlage!«

Mein Vater sagte: »Was?«

Meine Mutter sagte: »Bitte, nicht in diesem Ton!«

Und dann war Ruhe.

Im Schnitt kam das etwa einmal im Monat vor. Eine Woche war Ruhe. Also etwa ein Viertel ihrer Zeit redeten meine Eltern nicht miteinander. Und wenn beide zur gleichen Zeit im selben Raum waren, redeten sie gar nicht. Auch mit mir nicht.

Ich kam mit dem Maturazeugnis in der Hand, ein heißer Tag im Mai, im schwarzen Anzug, im Knopfloch eine violette Seidenblume, was hieß, dass ich vorhatte, Philosophie zu studieren, legte das Blatt Papier auf den Küchentisch. Meine Mutter fasste es nicht an, mein Vater fasste es nicht an. Sie dachte: Nicht, dass es dann hinterher wieder heißt, ich dränge mich vor. Er dachte: Nicht, dass es dann hinterher wieder heißt, ich dränge mich vor.

»Ich wünsche mir, dass ihr redet«, sagte ich.

Sie spuckte auf ein Tempo-Taschentuch und putzte am Kühlschrank herum. Er beugte sich über seinen Teller, zog hohe Augenlider, blickte in mein Zeugnis, nickte.

»Sag einfach ja oder sag nein«, fuhr ich ihn an. Und sie fuhr ich an: »Oder schmeiß es ins Klo!«

Er machte sein berühmtes Gesicht. Berühmt bei allen,

die ich schon gewesen bin – dem dreijährigen Ich, dem fünfjährigen Ich, dem zehnjährigen Ich, das gescheiter war als Vater und Mutter zusammengenommen, dem dreizehnjährigen Ich, das mein eigentliches Ich ist bis heute. Das Gesicht galt ihr, nur ihr, und es sagte: Das hast du aus mir gemacht. Sieh mich an! Ich bin zerbrochen. Ich bin nicht mehr der, nach dem du einmal verrückt warst. Ich bin nicht mehr der, der es mit dir im Badezimmer getrieben hat, während unser Sohn vor der Tür seine Klötze aufeinandergeschichtet hat. Ich bin abgeschliffen, nicht zur Blüte gebracht. Steckengeblieben. Unterbunden. Im Arsch. Du bist schuld.

»Ihr kotzt mich an«, sagte ich; was ich während dem normalen Dreiviertel ihrer Zeit nie gesagt hätte. Ihr Schweigen war ihr Bann. Ich hätte ihnen Schlamm und Fett in die Ohren blasen können, ihr Hass aufeinander war stärker als ihre Empörung über den missratenen Sohn.

»Es ist gut«, sagte ich. »Ich bitte euch um Verzeihung. Dass ich lebe. Ich habe getan, was ihr wolltet. Das Ergebnis liegt vor euch auf dem Tisch. Ich habe die Matura gemacht. Vor einem halben Jahr noch hat es geheißen, wenn du die machst, tanzen wir alle um den Tisch herum. Ich sehe niemanden um den Tisch herum tanzen. Es muss auch niemand tanzen, Scheiße, noch einmal! Ich will nur, dass ihr redet!«

Sie redeten nicht.

Meine Mutter öffnete den Kühlschrank, zog den Stecker heraus. »Fängst du jetzt an, den Kühlschrank abzutauen?«, fragte ich. »Hast du einen Vogel?«

Mein Vater saß da wie ein dreidimensionales Portrait

von sich selbst. »Ich schäme mich für dich«, sagte ich zu ihm.

Dann sagte ich: »Ich gehe.« Und ging.

Einen Augenblick lang überlegte ich, ob ich mich umziehen sollte oder ob es ihnen mehr Angst machen wird, dass ich im Anzug davon bin. Ich ging im Anzug. Warf die Tür hinter mir ins Schloss und marschierte die Straße hinunter. Frau Keckeis, die in dem Haus an der Kreuzung Raimundstraße Nibelungenstraße wohnt, winkte mir vom Balkon herunter zu. Ich rief zu ihr hinauf: »Ich habe die Matura gemacht!« Sie zeigte mir den aufgestellten Daumen. Als ich der Dreizehnjährige gewesen war, habe ich sie einmal bei den Baggerlöchern beobachtet, wie sie ihren Badeanzug abgestreift hat. Sie hat bemerkt, dass ich sie beobachtete. Und hat weitergemacht. Ich wollte auf meine Erinnerungen nicht verzichten. Ich wollte nicht auswandern, ich wollte meinen Eltern lediglich einen Schrecken einjagen. Ich plante drei Tage.

Unten bei den Baggerlöchern stehen Holzhütten im Feld. Sie gehören niemandem mehr. In eine verkroch ich mich. Am ersten Tag aß ich nichts. Am zweiten Tag ging ich in den Laden am Ende der Nibelungenstraße und sagte, ich hätte das Geld zu Hause vergessen, und nahm Brot, Limo und Wurst mit. Wenn meine Eltern die Polizei rufen, spricht es sich herum, dass ich weg bin. Dann werden die vom Laden sagen, sie hätten mich gesehen. Konnte sein, dass dann meine Sache kleiner würde. Ich hätte heulen können. Eine Schachtel Zigaretten nahm ich auch mit, absichtlich Marlboro, die damals die teuersten waren. Mein Anzug war voll Taubendreck.

In der zweiten Nacht war mir elend vor Heimweh. Ich fand ein paar Münzen in meiner Anzugjacke, die waren übriggeblieben von den Maturatagen. Ich hatte sie in den neuen Kaffeeautomaten in der Aula stecken wollen, den Maturanten war das erlaubt. Ich habe es vergessen. Schade. Es hätte mir für drei Minuten das Gefühl gegeben, ein Existentialist zu sein.

Ich ging in der Dunkelheit zum Bahnhof, dort stand eine Telefonzelle. Ich rief zu Hause an. Sofort wurde der Hörer abgenommen. Aber es meldete sich niemand.

»He«, sagte ich. »Bist es du, Papa, oder bist es du, Mama?«

Ich hörte Atmen. Frauenatem, Männeratem, ich wusste es nicht.

»Ich komme nach Hause«, sagte ich. »Bitte, redet wieder miteinander!«

Gutenachtgeschichte für Jetti – Nummer drei.

Wir müssen es anders angehen

Ich bin schon um zehn ins Bett. In letzter Zeit mache ich das manchmal. Es funktioniert. Ich schlafe sofort ein. Und wache zwei Stunde später auf, rechtzeitig zur Mitternacht. Dann bin ich frisch wie Churchill und setze mich an die Arbeit. Und gleich kommen die Zweifel. Ob es sich rentiert hat aufzustehen? Wofür, bitte? Was wollte ich eigentlich, als ich so früh ins Bett ging, um zwei Stunden später aufzuwachen? Ich habe mir doch etwas vorgenommen. Was war das doch gleich? Alles war anders als vor dem Einschlafen. Jetzt war alles nicht besonders. Dafür lohnt es sich nicht, in den Churchill-Rhythmus einzusteigen.

Nach einer Zeit erfasste mich ein heftiges sexuelles Verlangen. Warum drücke ich mich so geschwollen aus? Deshalb:

Ich rief Frau Micheluzzi an.

»Du hast mich geweckt«, sagte sie.

Ich sagte: »Du hast einmal unter Tränen behauptet, ich hätte dein Leben gerettet. Das stimmt doch?«

»Ja, natürlich. Deshalb kann ich jetzt ja auch nicht so reagieren, wie ich gern reagieren würde. Du hast mich aufgeweckt. Ich habe Schlafstörungen. Ich werde drei Stunden wach liegen. Vielleicht werde ich gar nicht mehr einschlafen können. Und morgen Nacht werde ich mich an die heutige Nacht erinnern und ebenfalls nicht einschlafen können.«

»Du nimmst mir allen Mut«, sagte ich.

»Du willst mir etwas Aufrichtiges sagen, habe ich Recht?«

»Ja.«

»Wenn es mir weh tut, was du mir sagst, dann sind wir quitt. Dann möchte ich nie wieder von dir daran erinnert werden, dass du mein Leben gerettet hast. Was willst du mir sagen?«

Ich hatte Frau Micheluzzi schon seit einigen Monaten nicht mehr gesehen. Was einem Kunststück gleichkommt. Ihre Wohnungstür ist von meiner Wohnungstür so weit entfernt, dass ein großer Mann mit einem Fuß bei mir, mit dem anderen bei ihr sein könnte. Ich bin ihr nicht aus dem Weg gegangen. Ich habe nicht einmal an sie gedacht. Also ist sie mir aus dem Weg gegangen. Hat hinter der Tür gewartet, bis ich über die Stiege hinuntergelaufen bin. Hat hinter der Tür gewartet, bis ich über die Stiege heraufgekommen und in meiner Wohnung verschwunden bin. Hat durch den Spion geguckt, ob es günstig ist. Also hat sie an mich gedacht. Ich weiß nicht einmal ihren Vornamen. An ihrer Tür steht nur ihr Nachname. Das Wort Familienname trifft auf sie nicht zu. Auf mich allerdings auch nicht.

»Würdest du mir aufmachen, wenn ich zu dir hinüberkäme?«, fragte ich.

»Rede nicht im Konjunktiv!«, sagte sie.

Ihre Stimme hörte sich derb an. So wie sich meine Stimme für sie anhören musste. Kann es sein, dachte ich, dass ich ihr genauso gleichgültig bin wie sie mir und dass sie diese Gleichgültigkeit sexuell stimuliert, wie sie mich sexuell stimuliert?

»Sag es endlich!«, herrschte sie mich an.

»Du nimmst mir allen Mut«, wiederholte ich.

»Soll ich es dir vorsagen?«

»Wie meinst du?«

»Ich tue, als wäre ich du, und sage, was ich denke, dass du sagen willst, und du sagst entweder ja oder nein. Du willst mit mir ins Bett gehen, stimmt's?«

Mir fiel nichts anderes ein, als noch einmal zu sagen: »Du nimmst mir allen Mut.«

»Ja oder nein? Du bist geil, und ich bin am nächsten, außerdem hast du mein Leben gerettet, und jetzt meinst du, mit der ist es am einfachsten.«

»Du kannst nicht so tun, als wärst du ich«, murmelte ich, »weil du nämlich Worte gebrauchst, die ich nie gebrauchen würde.«

»Soll ich mich geschwollen ausdrücken? Hat dich ein heftiges sexuelles Verlangen erfasst?«

»Ja«, sagte ich und legte auf.

Sofort klingelte es.

»Wir müssen es anders angehen«, sagte Frau Micheluzzi. »Ich weiß, dass du oft an mich denkst. Du gehst mir aus dem Weg. Du wartest hinter der Tür, wenn ich komme. Du wartest hinter der Tür, wenn ich gehe. Es kann nicht sein, dass man so nahe beieinander wohnt wie wir beide und dass man sich nicht trifft. Ich würde gern mit dir schlafen. Ich würde mit jedem Mann gern schlafen. Er muss nur gewaschen sein, und er darf keine faulen Zähne haben. So reduziert bin ich bereits.«

»Wir müssen es anders angehen«, sagte ich. »Du hast Recht.«

»Komm rüber!«, sagte sie.

Ich blieb bis eins. Ich sagte, ich könne nur allein in einem Bett schlafen.

»Nimm deine Schuhe und geh«, sagte sie.

Barfuß tappte ich über den Flur in meine Wohnung zurück und rief Jetti an.

Als der Daumen meines Vaters abbrach

Er habe nie in seinem Leben einen Sattel auf ein Pferd gelegt, sagte mein Vater. »Glaubst du, Pferde kommen mit einem Sattel auf dem Rücken zur Welt?«, fragte er.

»Ja, das habe ich geglaubt«, sagte ich.

»Aber sie kommen nicht mit einem Sattel auf dem Rücken zur Welt«, klärte er mich auf.

»Und ich habe immer gedacht, sie kommen mit einem Sattel auf dem Rücken zur Welt.«

»Da siehst du es!«

Er trug einen langen Mantel, der eingewachst war, und auf dem Kopf hatte er einen Cowboyhut mit einer Schnur unter dem Kinn hindurch, die so festgezurrt war, dass alles, was er sagte, verkniffen und bitter klang. Das hatte er gern so. Er ritt voraus, ich fuhr auf dem Fahrrad hinter her. Er hielt sich neben dem Schotterweg. Wenn uns Spaziergänger entgegenkamen, ritt er etwas zügiger, damit sie mich nicht mit ihm in Verbindung brachten. Das war ihm wichtig. So ging's am Alten Rhein entlang. Wenn er auf dem Pferd saß, konnte er Fahrräder nicht leiden, auch Motorräder nicht und Autos schon gar nicht. Er tat so, als hätten die sich in eine falsche Zeit geschlichen, in seine Zeit. Er fühlte wie ein Indianer, obwohl er ein Cowboy sein wollte. Ich konnte ihm ansehen, was er dachte, wenn er ein Auto sah: Die haben uns alles weggenommen, die Prärie, die Büffel, das Nicht-Alkohol-Trinken, das Skalpieren.

Hauptberuflich arbeitete mein Vater auf dem Bau. Er hatte nichts gelernt. Er besaß die Fähigkeit, alle niederzureden. In der Gewerkschaft wurde er etwas, weil er reden konnte. Er redete, und hinterher meinten alle, er hat Recht; obwohl keiner mehr genau sagen konnte, worüber er geredet hatte. Und seine schwarzen Haare spielten auch mit. Und die schwarzen Augenbrauen, die sich über der Nasenwurzel in der Mitte des Gesichts trafen. Sein Gesicht wirkte so erwachsen wie sonst keines, das ich kannte. Den größten Blödsinn durfte er aufführen, hanebüchenen Scheißdreck durfte er reden – es dauerte lange, bis man ihn nicht mehr ernst nahm; dann aber war er meistens schon weiter, auf einer nächsten Baustelle, bildlich gesprochen und nicht bildlich gesprochen.

Als Gewerkschaftsfunktionär hatte er Geld. Er sagte eines Tages: »Die Gewerkschaft steht auf der Seite der Unterdrückten, das gilt für die ganze Welt. Die Indianer Amerikas sind unterdrückt.« Und dann mietete er sich ein Pferd.

Ich bewunderte meinen Vater. Und dafür gab es Grund genug. Er war ein haarsträubend heilloser Angeber, das habe ich bereits mit acht Jahren durchschaut. Aber er glaubte an das, was er sagte, auch wenn es noch so haarsträubend und heillos war, und so lange er redete, glaubte ich auch daran, und hinterher war es meistens sowieso wurscht.

An jenem Nachmittag fuhren und ritten wir wieder am Alten Rhein entlang. Es war im Jänner und der Boden war hart gefroren. Er ritt querfeldein, ritt mir davon, und auf einmal ging das Pferd, das keinen Namen hatte, hoch und warf ihn ab. Er brüllte. Das Pferd galoppierte davon, mein Vater lag auf dem Boden und brüllte.

»Schau dir das an!«, brüllte er.

Er hielt mir seine Hand entgegen. Die sah merkwürdig aus. Das oberste Glied des Daumens hing an einem Hautfetzen an der Hand herab. Kein Blut. Fast kein Blut. Aus dem Stumpf sah ich ein Knöchelchen ragen.

Ich sprang vom Rad und habe das Richtige gemacht. Ich habe das Daumenoberteil auf das Knöchelchen gedrückt. Ich bildete mir ein, es macht einen feinen Knacks. Und ich bildete mir ein, der klang richtig und gut, fachmännisch. Ähnlich, wie wenn man den Deckel einer Blechdose zudrückt.

»Halt ihn fest!«, befahl ich meinem Vater, und er hielt den Daumen fest.

»Was soll ich jetzt machen?«, fragte er.

»Bleib genau so liegen«, sagte ich. »Ich fang erst das Pferd ein.«

Die Stute stand fünfzig Meter von uns in der reifgrauen Wiese. Sie zeigte uns ihre Seite, das hieß, sie blickte uns an, das wusste ich. Ich fasste sie an den Zügeln und führte sie zum Waldrand, dort machte ich sie an einem Baum fest. Es war mir egal, was mit ihr geschah. Meinetwegen hätte sie verhungern und erfrieren sollen.

»Was soll ich tun?«, rief mein Vater. »Ich überlasse alles dir!«

»Kannst du aufstehen?«, fragte ich.

»Soll ich?«

»Versuch's!«

Er hielt immer noch seinen Daumen fest, drückte das

Glied dorthin, wohin es eigentlich gehörte. Ich griff unter seine Achseln.

»Zieh die Beine an!«, sagte ich.

»Mir wird schlecht«, wimmerte er. »Was hast du mit mir vor?«

»Setz dich auf den Gepäckträger und beuge dich vor auf den Sattel, halte aber die Hand hoch. Vielleicht geht das.«

So machten wir es. Ich schob mein Fahrrad, das einen Namen hatte, er saß hinten auf dem Gepäckträger, seine Beine schleiften nach, das gab dem Ganzen Stabilität.

»Wohin fahren wir?«, fragte er.

»Ins Krankenhaus«, sagte ich.

»Das dauert drei Stunden«, schrie er auf. »Dann bin ich verblutet.«

»Aber es blutet ja gar nicht«, sagte ich.

»Aber es wird gleich anfangen zu bluten.«

Ich war dreizehn Jahre alt, und nie wieder in meinem Leben war ich so intelligent wie damals. Ich sagte: »Bleib so stehen, halt das Fahrrad mit deinen Beinen.«

»Was machst du? Lässt du mich allein?«

Ich kratzte Schnee zusammen, eine große Hand voll, knetete zwei Schneeballen, plattete sie ab. »Leg den Daumen dazwischen«, sagte ich. »Schau aber zu, dass das Stück oben bleibt.«

Die Kälte linderte seinen Schmerz. »Wenn ich das überlebe«, keuchte er, »dann sage ich nur noch Genie zu dir.«

Ich schob das Rad. Es war so anstrengend, dass ich schon nach fünf Minuten stehenbleiben und Luft holen musste.

»So geht das nicht«, jammerte er. »So brauchen wir fünf Stunden. Entweder ich verblute oder der Daumen friert mir ab. Dann muss man ihn abnehmen. Wahrscheinlich muss man ihn sowieso abnehmen.«

Da hielt ich ihn beim Kinn fest, wie er es oft bei mir getan hatte, wenn er mich von einer seiner Idiotien überzeugen wollte, und blickte ihm in die Augen. »Papa«, sagte ich ganz ruhig, »Papa, ich verspreche dir, dass alles gut wird.«

»Danke«, sagte er. »Danke, Genie!«

Am Ende der Wiese ging's aufwärts, das war kaum zu schaffen; aber ich schaffte es. Oben musste ich fast kotzen vor Erschöpfung.

»Du rettest deinen Vater«, gab er mir Mut. »Weißt du das? Weißt du, was das für ein Werk ist? Es ist das größte Werk, seinen eigenen Vater zu retten.«

»Ich kann gleich weiter«, sagte ich. »Nur einen Augenblick. Von jetzt an geht's leichter. Von jetzt an sind wir auf dem Geteerten.«

»Danke, Genie«, sagte er. »Danke.«

Auf der geteerten Straße ging's leichter, und nach ein paar hundert Metern kam uns ein Auto entgegen. Ich schob das Fahrrad in die Mitte der Straße und winkte. Der Fahrer hat sofort verstanden, dass man keine langen Reden hält in so einer Situation. Wir luden meinen Vater auf den Vordersitz.

»Fahrt ihr los«, sagte ich. »Ich komme nach.«

Am Abend war alles erledigt. Der Arzt habe gesagt: »Wenn Ihr Sohn Ihnen den Rat gegeben hat, das Glied auf den Daumen zu drücken und wenn er obendrein auf die Idee gekommen ist, den Daumen in Schnee zu betten, dann ist Ihr Sohn ein Genie.« Es musste nur die Haut auf der Daumeninnenseite zusammengenäht werden. Die Sehne war nicht gerissen. Mein Vater musste nicht einmal im Spital übernachten. Er bestand darauf, dass ich ihn auf dem Fahrrad nach Hause schiebe. Das habe ich gemacht. Obwohl es nicht nötig gewesen wäre. Man hat sich angeboten, ihn mit der Rettung nach Hause zu fahren. Das wollten wir beide nicht.

Zu Hause sagte mein Vater zu meiner Mutter: »Von nun an wird niemand in diesem Haus mehr an ihm herumkritisieren. Er darf die Jacke anziehen, die er will. Und wenn er am Morgen sagt, es wird Nacht, dann wird es Nacht.«

Mein Vater hat mich dann eine Zeitlang überall hin mitgenommen, zu seinen Sitzungen, zu den Versammlungen, und immer hat er mich so vorgestellt: »Das ist der, der seinem Vater das Leben gerettet hat. Das Genie.« Einmal gab es sogar allgemeinen Applaus.

Gutenachtgeschichte für Jetti – Nummer vier.

Liste eins: Sieben Freunde

Der erste hieß Marbod Weibel. Er wohnte bei den Lehmgruben. Ein Teil des Hauses war ausgebrannt. Marbods Vater hatte kein Geld, um den Schaden beheben zu lassen. Er sagte, er werde es, wenn er Zeit habe, selber machen, die Nachbarn würden ihm sicher dabei helfen.

Die Nachbarn klopften an die Haustür, die elektrische Klingel war kaputt, sie sagten: »Wann sollen wir kommen?«

Irgendwann zogen die Weibels fort, das Haus wurde abgerissen.

Marbod hat es geschafft, er wurde Zahnarzt.

Der zweite hieß Franz Mähr. In der Volksschule verbrachten wir viel Zeit miteinander. Wir waren beide in Messer vernarrt. Ein Spiel, das wir mochten, ging so: Einer stellte sein Stilett mit der Spitze auf den kleinen Finger der rechten Hand, ließ es kippen. Wenn es im Boden steckte, kam der nächste Finger dran, dann der übernächste und so weiter, dann der Handrücken, der Ellbogen, die Schulter, das Kinn, die Nase, die Stirn, die Hüfte, das Knie, die Ferse und dann wieder von vorne. Wenn das Messer nicht im Boden steckenblieb, durfte der andere weitermachen.

Einmal sagte Franz: »Das könnte ich den ganzen Tag machen. Eine gute Reaktion ist wichtig.«

Ich sagte: »Ich brauche dringend ein eigenes Messer.«

Wir spielten nämlich immer nur mit seinem. Wir sind zum Collini gegangen, das war das Geschäft mit der schönsten Auslage – Messer, nur Messer, Schweizermesser, Fahrtenmesser, Bowiemesser, Wurfmesser, Messerchen. Ich habe die Verkäuferin abgelenkt, Franz hat ein Stilett geklaut.

»Für die ewige Freundschaft«, sagte er und überreichte es mir draußen.

Franz war ein schlechter Schüler. Als mich meine Eltern aufs Gymnasium schickten, hat er sich anderen Menschen zugewandt und ich mich auch.

Den dritten nannten wir Schweini. Er war blond und rosa und fett und hatte das Gesicht und den Rücken voller Pickel. Die Pickelnarben waren blau. Seine Augen waren auch blau. Er hat die Pickel mit dem Fingernagel ausgekratzt und das Zeug in den Mund gesteckt. Er sagte, das mache er mit Absicht, das sei wie Impfen. Der Körper wehre sich gegen den Stoff, der ihm zugeführt wird, und wehrt sich so auch gegen den Stoff, den er selbst erzeugt.

Auf einmal hatte er keine Pickel mehr. Er wurde schlank und bekam bereits als Vierzehnjähriger eine Stimme wie ein erwachsener Mann, dem Verantwortung gegeben worden war. Ich mochte ihn, weil er mir jede Angst nehmen konnte. Er hatte für alles eine Erklärung. Manchmal rufe ich ihn heute noch an.

»Servus«, sage ich. »In einem absoluten Vakuum, wenn es so etwas überhaupt gibt, herrscht dort der absolute Nullpunkt, temperaturmäßig?«

Ria Bernhard war eine Freundin und nicht mehr. Also nicht eine Geliebte. Sie ist die vierte.

Ich hätte gern gehabt, dass sie mehr wäre. Sie dagegen kam nicht einmal auf den Gedanken. Sie trug manchmal einen Wildlederminirock, dazu Wildlederstiefel. Der Teil ihrer Beine zwischen Rock und Stiefel rührte mich. Die Knie sagten: Wir müssen etwas tun, was wir nicht wollen, aber man kann nicht immer das tun, was man will. Ria meinte, ich sei ein Experte für Träume. Alles an ihr war klein und mild. Sie drückte den Klingelknopf bei unserem Haus und lief zur Straße. Immer hatte sie Angst, sie komme ungelegen.

»Kannst du mir schwören, dass ich immer deine Freundin sein werde?«, fragte sie, da waren wir beide achtzehn oder so.

»Das kann ich«, sagte ich.

Darum steht sie in der Liste.

Der fünfte Freund hieß Achim Pietzsch. Er war in Bremen aufgewachsen und studierte wie ich Politikwissenschaft und Germanistik in Marburg.

Eines Tages sagte er: »Ich habe den Tripper. Und Filzläuse habe ich auch. Beides von derselben Frau. Sie studiert Pädagogik.«

Ich sagte: »Was machst du?«

»Ich warte noch mit der Behandlung«, sagte er. »Ich will einfach noch ein paarmal mit ihr schlafen. Wenn wir dann beide nicht mehr wollen, gehen wir und lassen uns behandeln. Wenn wir es gleich tun, dann hätten wir, glaube ich, keine Lust mehr.«

Achim arbeitet heute bei einer Zeitung und hat mich schon mitten in der Nacht angerufen. »Du fehlst mir«, hat er gesagt.

»Du mir auch«, habe ich gesagt. »Aber wenn du kommst, bring die Zeit mit, die so gut zu uns war.«

Jetti Lenobel ist die sechste.

Sie hat die schönste Haltung von allen Frauen, die ich kenne. Am liebsten mag ich es, wenn sie steht und jemand spricht sie an und sie dreht ihren Oberkörper zur Seite.

Wir zwei sind uns in fast allem einig. Manchmal, wenn wir gemeinsam unter Leuten sind, flüstere ich ihr ins Ohr: »Jetti, ich bin stolz auf dich.«

Als wir uns kennenlernten, waren wir beide in einer Verfassung, die uns anderen Menschen gegenüber vorsichtig sein ließ. Wir waren vorsichtig zueinander, und deshalb fassten wir große Zuneigung, Jetti für mich, ich für Jetti. Allerdings dauerte die Vorsicht zu lang, weshalb leider keine Liebesbeziehung aus unserer Bekanntschaft wurde.

Sie sagt: »Mit dir würde ich wirklich gern schlafen.« Ich sage das Gleiche zu ihr. Und es stimmt auch. Aber wir meinen es nicht so.

Richard ist der siebte Freund. Der dicke Richard. Der ängstliche Richard. Der vorsichtige Richard. Dem so viel Unvorhergesehenes zustößt. Den wir früher, als wir uns noch jeden Mittwoch im Kaffeehaus trafen, Caligula nannten. Ich habe ihn vor zehn Jahren kennengelernt. Er war im Begriff, das Haus zu betreten, in dessen Dachgeschoss ich damals eine Wohnung hatte. Er blieb mit dem Ärmel in der Türschnalle hängen und riß sich den Daumen auf. Ich bat ihn in meine Wohnung, reinigte die Wunde mit Wundalkohol und legte einen Verband an. Seither bin ich sein Schutzengel.

Der Garten Eden

Um halb acht öffnet der Supermarkt in der Kettenbrückengasse. Ich war der erste. Die Frau beim Brot war noch damit beschäftigt, die Regale zu füllen. Ein Bub half ihr dabei. Er war zehn oder elf. Er trug einen roten Anorak und hatte eine Schildmütze auf dem Kopf. Neben einem Regal lag seine Schultasche. Er nahm ein Brot aus einer der Plastikkisten und reichte es seiner Mutter. Sie lobte ihn. Er tat so, als habe sie nichts gesagt. Machte weiter mit seiner Arbeit. Und sie lobte ihn wieder. Seine Hände waren mehlig. Er rieb sie aneinander und klatschte den Staub ab. Er hatte große spatelförmige Finger, erwachsene Männerhände. Ich stand bei den gekühlten Milchprodukten, eine Hand hielt ich ausgestreckt, sie wies auf die Becher mit Frischkäse. Wer mich fest im Blick hatte, musste sich freilich denken, ich sei in einer Bewegung erstarrt; musste sich denken: Dem ist ganz plötzlich ein schwerer Gedanke gekommen. Wer mich jedoch nur unaufmerksam wahrnahm, gleichsam aus dem Augenwinkel, der dachte sich, wenn er sich überhaupt etwas dachte: ein Mann, der nach Milchprodukten greift. Er würde meine Starre nicht bemerken. Er würde das starre Bild als Teil einer Bewegung nehmen. Der semantische Rekonstrukteur in seinem Hirn würde aus mir einen normalen Mann machen, der nach einem gekühlten Milchprodukt greift. Dieser Trick erlaubte es mir, Mutter und Sohn bei ihrer Tätigkeit zu beobachten.

Als die Brote alle im Regal lagen, streichelte die Mutter dem Buben über die Wange. Da lächelte er und neigte ihr seinen Kopf entgegen. Sie nahm ein Messer, schnitt eine Semmel in der Mitte durch, ging hinter der Theke zur Wurst, hob mit einer Gabel ein paar Scheiben Lyoner auf, schnitt eine Essiggurke in Scheiben. Der Bub saß derweil auf der leeren Brotkiste und starrte vor sich nieder.

»Hol dir einen Kakao!«, sagte die Mutter.

Der Bub stand auf, trat neben mich, nickte mir zu, nahm eine Flasche aus dem Kühlregal und setzte sich wieder auf seine Kiste. Er drückte die Flasche an seine Stirn. Hatte er Kopfschmerzen? Solche, wie ich sie im Sommer noch manchmal habe? Solche, die aus den Augenhöhlen in die Stirn hinauf kriechen? Zwischen meinem zwanzigsten und dreißigsten Lebensjahr hatte ich jeden Morgen Kopfschmerzen. Mein zweites Leiden hieß Langeweile. Als Kopfschmerzen und Langeweile sich verflüchtigt hatten, las ich in einem Buch über den französischen Philosophen Blaise Pascal, dass Langeweile eine der edelsten Empfindungen des Menschen sei, weil sie von einer unbefriedigbaren Seele Zeugnis ablege, weil sie aus einer unendlichen metaphysischen Sehnsucht des Menschen entspringe, weil sie von einem Anspruch an die Existenz erzähle, der höher sei als alle Geschenke Gottes. Wenn selbst der ausgestirnte Himmel nicht mehr als ein müdes Achselzucken auszulösen vermag ...

Die Mutter wickelte die Wurstsemmel in Alufolie und steckte sie in die Schultasche ihres Sohnes. Dann küsste sie ihn auf die Lippen. Der Bub ging an mir vorbei, sagte »Auf Wiedersehen!« und verließ den Laden.

Die Mutter wandte sich mir zu. Ihr Lächeln sagte: So sind wir Mütter. So sind unsere Kinder. So muß man tun. Das kennen Sie doch auch. Aber sonst ist er ein liebes Kind. Er geht halt nicht gern in die Schule. Wenn ich ihn nicht füttern würde wie eine Amsel ihre Brut, dann würde er verhungern. Aber Sie wissen ja selbst, das macht man gern. Irgendwann sind sie erwachsen und fliegen aus. Dann bereuen wir jede Sekunde, in der wir nicht getan haben, was wir hätten tun sollen.

Ich fragte nach einer bestimmten Brotsorte. Spielte den interessierten Laien. Ich wollte ihre Stimme hören. Wollte sie vergleichen mit der Stimme am Telefon. Sie schnitt mit einem übergroßen Messer kleine Stücke von verschiedenen Broten, bot sie mir an.

Ich sagte: »Es ist gut, wenn man weiß, was die Kinder den Tag über tun.«

»Das ist das Gute an einem Handy«, sagte sie.

»Einen lieben Buben haben Sie«, sagte ich.

»Er macht mir viel Freude«, sagte sie.

»Und Sorgen wahrscheinlich auch«, sagte ich.

Ein Schatten aus Misstrauen huschte durch ihren Blick. Ich fand, sie hatte gütige Augen. Ich hätte es gern gehabt, von solchen Augen einen gewissen Teil des Tages angeschaut zu werden. Und einen interessanten Mund hatte sie. Ich konnte mir vorstellen, dass sie eine Schwester hatte, deren Mund wie ihrer war, nur weniger ausgeprägt; und diese Schwester, dachte ich, müsste eine Schönheit sein oder ein Filmstar. Der Mund war ein übertriebener Charlotte-Rampling-Mund. Ein Michelle-Pfeiffer-Mund.

»Jedes Kind macht Sorgen«, sagte sie.

»Und jede Mutter denkt wahrscheinlich, ihr Kind macht besonders viel Sorgen«, sagte ich.

»Ich denke das nicht«, sagte sie.

»Man traut den eigenen Kindern das Beste zu und manchmal eben auch das Schlechteste«, reizte ich weiter.

»Ich nicht«, sagte sie. »Weder noch.«

»Oder was aus ihm später wird«, sagte ich. »Das Schlimmste wäre wohl, er wird einsam.«

Ich ließ mir ein Sauerteigbrot mit Walnüssen einwickeln und ging weiter durch den Garten Eden.

Auch Richards Schwester hat ein Pferd

Richard wollte am Wochenende in die Stadt kommen. Ich habe ihn eingeladen. Er hätte bei mir im Wohnzimmer auf dem Sofa schlafen können. Das ist breit genug und auch stabil. Ich erwähne das nur deshalb, weil er danach gefragt hat. Er müsse das fragen, sagte er, er wolle nicht, dass etwas passiere, was unsere Freundschaft zerstören könnte. Und dann, Freitag in der Nacht, rief er an und sagte ab.

»Ich muss zu meiner Schwester«, sagte er mit einer Stimme, als wäre er mit einem Schlag erwachsen geworden. »Da warten massive Probleme.«

»Ich wusste gar nicht, dass du eine Schwester hast«, sagte ich.

»Das weiß niemand«, sagte er.

Dies ist die Geschichte der massiven Probleme:

Richards Schwester heißt Waltraud. Sie ist vierzig und hat zwei Kinder, einen Buben, Severin, und ein Mädchen, Michele. Sie ist verheiratet mit einem Mann, der nichts gelernt hat und trinkt. Sie wohnen in einer billigen Kommunalwohnung. Der Mann arbeitet als Leiharbeiter. Meistens schwarz. Immer wieder hat es Zeiten gegeben, in denen sie nicht versichert waren. Waltraud kann ihren Sohn Severin nicht leiden. Sie sagt, er habe sie enttäuscht. Das hat sie bereits gesagt, da war er zwölf. Er habe aus ihren Angeboten nichts gemacht. Einmal hat man ihm zu Weihnachten ein

BMX-Fahrrad gekauft, weil man Andeutungen seinerseits so verstanden hatte, dass er sich vorstellen könne, in dieser Richtung auch vereinsmäßig tätig zu werden. Das Rad hatte fünfzehn- bis zwanzigtausend Schilling gekostet. Man musste einen Kredit dafür aufnehmen. Aber dann ist der Severin damit nur in der Gegend herumgefahren. Was die Mutter am meisten ärgerte, war, dass er beim Fahrrad fahren mit dem Mund ein Geräusch machte, als wäre das Fahrrad ein Moped. Das hat sie so gedeutet, dass er mit dem Fahrrad nicht zufrieden sei. Nach einem Jahr lag das Fahrrad nur noch herum. In die Schule fahren konnte er damit nicht, das heißt, es war zu unpraktisch, hatte zum Beispiel keinen Gepäckträger. Auch bei Regen war nicht gut fahren damit – keine Schutzbleche. Man wollte das Ding verkaufen. Da kam einer, ein Kollege von Waltrauds Mann, der sagte: »He! Verkaufen! Super! Aber doch nicht hier! Drüben! In der Tschechei! Kriegt ihr das Dreifache!« Man beschloss, dem Mann die Sache zu übergeben. Kein Rad. Kein Geld. Das war das Resultat. »Alles Scheiße!«, sagte Waltraud zu ihrem Bruder am Telefon.

Von da an konzentrierte sich Waltraud ganz auf ihre Tochter Michele.

Sie hatten kein Geld. Nur Schulden. Und keine Aussicht. Richard hat ihnen immer wieder Geld gegeben. Er hat sich auch bemüht, für seinen Schwager einen Job zu finden. Er hat auch Jobs gefunden. Aber der Schwager hat alles vermasselt. Und das Geld hat er vertrunken. Richard hat einen Platz für eine Entziehungskur organisiert. Der Schwager ist nach wenigen Tagen ausgerissen. Richard hat seiner Schwester ein Theater gemacht. Er hat ihr vorgerechnet, was alles falsch läuft bei ihnen. Sie sagte nur: »Dafür bist du fett!«

Sie hat Richard von da an nicht mehr um Geld gefragt. Aber die Tante Martha hat sie um Geld gefragt. Nun muss man wissen, dass die Tante Martha eine alte winzige Frau ist, die ihr Lebtag lang nur für andere dagewesen war, nie verheiratet war, keinen erlernten Beruf hatte, Mindestrente bezog. Tante Martha dachte: Was hat mein Leben für einen Sinn, außer den, dass ich für die da bin, die mich zu ihrer Familie zählen? Und Waltraud sagte: »Tante Martha, du gehörst zu unserer Familie.« Da gab ihr Tante Martha alle ihre Ersparnisse und einen großen Teil ihrer kleinen Rente und die Verfügungsgewalt über ihr Konto. Und Waltraud hat alles abgeräumt. »Es ist nicht für mich, es ist für die Michele!«

Irgendwann telefonierte Richard mit Tante Martha, er fragte sie, wie es ihr gehe, sie sagte: »Könntest du mir vielleicht sieben Euro borgen.« Da ist er sofort ins Waldviertel gefahren, mit hundertvierzig durch die Dörfer.

Richards Schwester hat ein Pferd gekauft. Für die Michele. »Sie hat sich immer so sehr ein Pferd gewünscht«, rechtfertigte sie sich vor ihrem Bruder. »Warum muss es immer so sein, dass arme Leute wie wir nie das kriegen, was sie sich wünschen, und die Reichen kriegen immer alles?«

»Weil das genau die Definition von Armut ist«, sagte Richard.

Das Wort »Definition« hat sie zornig gemacht. Sie hat die Tür zugeknallt, und ihr Mann hat zu Richard gesagt: »Wenn sie so spinnt, ist es, glaub ich, besser, man haut ab.«

Aber das Pferd war da. Ein ganzes Pferd. Es stand auf

der anderen Seite des Tals in einem Stall. Die Miete für den Platz war etwas höher als die Hälfte der Miete für ihre Wohnung. Das Pferd war nutzlos. Michele konnte nicht darauf reiten. Die Besitzer des Reitstalls hatten das Pferd nur unter der Bedingung verkauft, dass es nicht ohne Sattel geritten wird. Es war aber kein Geld für einen Sattel da. Weil aber die Michele unbedingt reiten wollte und sollte, hat sie normale Reitstunden genommen. Eben solche, wie sie sie vorher auch schon genommen hatte, bevor das Pferd gekauft worden war. Die Reitstunden kosteten im Monat mehr als für das Essen der ganzen Familie veranschlagt war. Tante Martha nahm Babysitterjobs an und gab Waltraud das Geld. Es reichte knapp für die Reitstunden. Dann kam der betrunkene Vater auf die Idee, im Reitstall nachzufragen, ob man denn nicht einen Sattel für das eigene Pferd mieten könne, das sei doch sicher billiger als Reitstunden auf einem fremden Pferd. Nach drei Monaten war er auf diese Idee gekommen. Der Mietsattel war billiger. Man sagte Tante Martha aber nichts davon und nahm weiter ihr ganzes Babysittergeld.

Und irgendwann waren sie am Ende. Alle miteinander. Tante Martha hatte das Konto so weit überzogen, dass sie kein Geld mehr bekam. Da wurde sie krank. Herzbeschwerden. Panikattacken. Sie wurde ins Krankenhaus gebracht. Waltrauds Konto war längst gesperrt worden. Ihr Mann hatte kein Konto. Da hat sich Waltraud überwunden und wieder ihren Bruder angerufen.

»Als erstes«, bestimmte Richard, »und zwar noch heute, verkauft ihr das Pferd!«

»Nein«, kreischte Waltraud, »das tun wir ganz bestimmt

nicht. Wir sind zwar arme Leute, und uns geht es im Augenblick besonders schlecht, aber das ist Würde!« Und sie fragte ihn, ob er wisse, was das sei, Würde.

Richard dachte: Ich habe einen Fehler gemacht. Ich hätte über das Pferd erst am Schluss reden sollen. »Also«, sagte er, »dann verkauft ihr eben das Auto.«

»Das geht nicht«, sagte seine Schwester. »Wir brauchen das Auto.«

Sie brauchen das Auto, weil ihr Mann und ihr Sohn jeden Tag hinüber zum Stall fahren müssen, um das Pferd zu putzen und den Stall auszumisten. Dazu hatte man sich nämlich verpflichtet. Schriftlich.

»Wenn ihr weder das Pferd noch das Auto verkaufen wollt«, sagte Richard, »dann kann ich euch nicht helfen.«

»Dann gehen wir eben zur Fürsorge«, sagte Waltraud. »Aber ich werde dort sagen, dass mein Bruder sich weigert, uns zu helfen.«

»Bei der Fürsorge werden sie dich nach eurem Besitz fragen. Was sagst du dann? Pferd und Mercedes?«

»Gut«, sagte sie. »Geh jetzt!«

»Und was willst du machen?«

»Ich werde Tante Martha anrufen. Sie soll kommen.«

»Und was dann? Sie liegt im Spital. Sie hat kein Geld mehr. Was soll sie hier?«

»Sie gehört zur Familie. Wir legen uns alle ins Bett und verhungern. Du gehörst nicht mehr zur Familie.«

Das ist die Geschichte.

»Und übers Wochenende fährst du trotzdem wieder zu ihnen?«, fragte ich Richard am Telefon.

»Ich muß ihnen helfen«, sagte er. »Ich decke ihre Konten ab. Und halt das Übliche. Man kann sich die Familie nicht aussuchen.«

Darum beneidete ich ihn.

Robert Lenobel war am Abend bei mir. Er sagte, er komme, weil ihn Jetti gebeten habe, er solle nach mir schauen. Sie habe während unserer letzten Telefonate den Eindruck gewonnen, dass ich Trost brauche.

»Brauchst du Trost?«

Er wartete meine Antwort gar nicht ab. Er wolle mir eine Geschichte erzählen, sagte er, sie habe bisher noch immer jeden aufgeheitert. Jetti habe ihm empfohlen, mir diese Geschichte zu erzählen. »Du erzählst ihr angeblich jede Nacht eine Gutenachtgeschichte. Stimmt das?«

»Ja, das stimmt«, sagte ich.

»Ich finde das verrückt, weißt du das. Ich will, dass du weißt, dass ich es verrückt finde, wenn zwei Erwachsene, die durch ein Viertel ihres Lebens behaupteten, dass sie gerne miteinander schlafen würden, es aber nicht tun, sich gegenseitig in der Nacht am Telefon Gutenachtgeschichten erzählen.«

»Nicht gegenseitig«, korrigierte ich, »nur ich erzähle. Jetti hört zu.«

»Doch gegenseitig«, korrigierte er. »Heute kommt ihre Geschichte dran. Was spielt es schon für eine Rolle, wer sie erzählt. Ich habe mir nun einmal geschworen, ein Leben lang auf meine schöne Schwester aufzupassen, und für mich heißt das: Wenn sie mich um einen Gefallen bittet, dann tu ich ihr diesen Gefallen. Und sie hat mich gebeten, dir eine Geschichte zu erzählen, von der sie meint, dass sie dich aufmuntert. Willst du die Geschichte hören, ja oder nein?«

»Wenn es sein muss«, sagte ich. Verbesserte mich: »Wenn es Jetti wünscht.«

»Im Anfang war es so«, begann der Angeber tatsächlich und ohne Ironie in der Stimme. – Ich habe das Recht und die schriftstellerische Freiheit, nicht so tun zu müssen, als wäre ich er! Deshalb erzähle ich seine Geschichte so, wie ich sie erzählen würde, wenn ich er wäre.

Nämlich so:

In meiner Einbildung hatte ich Pläne entworfen und mir Geschichten vorgesponnen, wie es irgendwann in der Zukunft mit ihr sein könnte. Ich hatte Freude an ihrem Tiroler Dialekteinschlag, und wir mochten es, den halben Tag in ihrem schmalen, ächzenden Bett zu bleiben und an unseren Körpern entlang zu kriechen. Aber ich hatte ein laues Herz, und wenn ich von ihrem Dachzimmerchen herunterstieg, vorbei an ihren Vermietern, mit denen sie sich die Garderobe im Korridor teilte, sickerten meine Gedanken von ihr ab, und draußen auf der Straße war ich wieder ganz für mich und dachte nicht an das nächste Mal. Für meine immergrüne Gegenwart zwischen Frühstück bei Eduscho und der Olivetti Reiseschreibmaschine auf meinem Tisch mit Schublade in der Taborstraße hatten meine verliebten Zukunftsgeschichten keine Bedeutung. In Wahrheit war ich nicht mehr als ein Besucher in ihrer niedlichen Bude. Und mehr wollte ich in Wahrheit auch nicht sein.

Später war es so: Sie begann mir auf die Nerven zu fallen. Ich musste mich in ihrer Gegenwart beherrschen, andauernd musste ich mich beherrschen. Schon nach unseren ersten zwei Wochen gab es nichts mehr an ihr, was mir gefiel.

Sie sagte: »Irre ich mich, oder war's am Anfang anders?«

»Was meinst du?«, fragte ich.

»Ich habe das Gefühl, wir tun zu viel.«

»Ich verstehe nicht, was du meinst.«

»Wir tun die ganze Zeit etwas. Wir liegen nicht mehr einfach nur im Bett zum Beispiel.«

»Jetzt liegen wir doch im Bett«, sagte ich. Das Herz pumperte mir, weil es mir vor zwei Minuten erst gekommen war.

»Wenn wir im Bett liegen, schlafen wir miteinander«, sagte sie.

»Ich kann nicht Schlechtes daran finden«, sagte ich.

»Du tust es wie eine Beschäftigung.«

»Es ist ja auch eine Beschäftigung. Im weitesten Sinn ist fast alles eine Beschäftigung.«

»Du wirst gleich aufstehen«, sagte sie.

»Nein, ich bleibe liegen.«

»Aber du wärst aufgestanden, wenn ich nichts gesagt hätte.«

»Das kannst du nicht wissen. Ich liege. Du siehst, dass ich liege. Ich liege. Liege ich nicht? Ich liege doch.«

»Dann wirst du gleich über etwas reden.«

»Du redest über etwas.«

»Ich rede über uns. Wenn du vor mir angefangen hättest, über etwas zu reden, würden wir jetzt nicht über uns reden.«

Sie hatte Recht. Ich hielt es in ihrer Gegenwart nicht aus, nichts zu tun oder über nichts zu reden. Aber noch weniger, über uns zu reden. Ich habe ihr zum Beispiel die Phänomenologie erklärt. Das stimmt natürlich nicht, ich habe keine Ahnung von der Phänomenologie, aber das spielte auch keine Rolle. Ich habe einen kleinen Gedanken genommen und ihn ausgebaut, schon waren zwei Stunden vergangen, und hinterher habe ich behauptet, wir hätten über die Phänomenologie gesprochen. Das konnte ich. Wenn es darum ging, mich aus ihrem verliebten Blick zu befreien – und das gelang nur, wenn ich sie ablenkte –, dann konnte ich über jedes Thema parlieren.

Ich habe mit dem Thomas Mader darüber gesprochen. Er war der, der damals mein volles Vertrauen besaß.

»Warum gehst du nicht weg von ihr?«, sagte er.

»Ich müsste es ihr irgendwie erklären«, sagte ich. »Ich bin nicht einer, der einfach geht, ohne etwas zu sagen.«

»Dann sag ihr halt etwas!«

»Das geht nicht. Nicht in diesem Fall. In jedem anderen Fall, nicht in diesem.« Ich erklärte es ihm: »Angenommen, sie würde mir nur ein wenig auf die Nerven fallen, dann könnte ich es sagen, dann könnte ich meine Gefühle abmildern, so dass sie ihr nicht so weh tun. Aber sie geht mir viel zu viel auf die Nerven. Wenn ich darüber sprechen würde, würde ich unter einem Mal mit allem herausplatzen. Das würde sie nicht durchhalten. Weil es nämlich so viel ist. Ich darf dieses Thema nicht einmal anschneiden. Nimm *anschneiden* wörtlich. In der Sache ist ein solcher Druck, da darf man nicht das Messer ansetzen. Ich würde Dinge sagen, die viel schlimmer wären, als die Dinge tatsächlich sind. Ich würde sie vernichten. Das darf kein Mensch. Das ist die letzte moralische Schranke, die ich gelten lasse.«

»Und was willst du tun?«, fragte Thomas Mader.

»Ich muss warten, bis sie es sagt.«

»Bis sie was sagt?«

»Bis sie sagt: Hau ab!«

»Mach ein Arschloch aus dir«, riet er. »Weißt du, wie sich ein Arschloch definiert? Ein Arschloch macht aus einer Kleinigkeit etwas Großes. Du kannst alle Arschlöcher der Welt analysieren, du wirst immer zu diesem Ergebnis kommen.«

Dann hat sie mich überredet, mit ihr ins Schwimmbad zu gehen. Ich mag das nicht. Ich mag mit niemandem ins Schwimmbad gehen, nicht einmal mit mir selbst. Mit ihr schon gar nicht. Ich mag die Gerüche dort nicht, alles, was aus Holz ist, riecht nach Holzschutzmittel. Was nicht aus Holz ist, riecht nach Chlor. Dort kann man nicht über Phänomenologie reden. Dort ist man einfach. Man ist, weil es so heiß ist, und man ist intim, weil man fast nackt ist, und die Intimität hat nichts Beiläufiges an sich, sie ist besiegelt, jeder ist Zeuge, fast wie ein Trauzeuge.

Ich sagte: »Ich kann nicht in die Sonne.«

»Dann leg du dich in den Schatten, und ich lege mich in die Sonne«, sagte sie.

Da war ein Baum, der warf Schatten. Sie legte die Decke so, dass die Hälfte in der Sonne, die andere Hälfte im Schatten war.

»Schatten ist nicht gleich Schatten«, sagte ich.

»Wie meinst du das?«

»Es gibt verschiedene Arten von Schatten.«

»Das habe ich noch nie gehört.«

»Der Randschatten ist ein anderer Schatten als der Zentralschatten.«

»Diese Wörter hast du dir doch jetzt im Augenblick ausgedacht«, sagte sie.

»Nein«, sagte ich, »das kannst du im *Scientific American* nachlesen. Im Randschatten ist fast noch mehr Sonne enthalten als in der Sonne selbst.«

»Kann ich mir nicht vorstellen.«

»Ist aber so.«

»Und was heißt das?«

»Dass es besser ist, in der Sonne zu liegen als im Randschatten.«

»Dann leg dich du in die Sonne, und ich lege mich in den Schatten.«

»Ich will aber nicht in der Sonne liegen.«

»Ich reibe dich mit Sonnenöl ein«, sagte sie.

»Das nützt im Randschatten nichts. Sonnenöl schützt lediglich vor den UV-Strahlen. Die sind aber nur in der Vollsonne enthalten, im Randschatten sind die nicht enthalten. Was die UV-Strahlen betrifft, ist Schatten gleich Schatten.«

»Na also!«

»Aber alles andere ist im Randschatten enthalten, und zwar komprimierter als in der Vollsonne.«

Und dann habe ich eine Theorie des Randschattens entworfen. Dass der so sei wie die Schale beim Apfel, in der sich bekanntlich die Vitamine stauen. – Und endlich sagte sie es.

Während Robert die Geschichte erzählte, hat er meine Mandarinen weggegessen. Dann stand er von meinem Küchentisch auf und ging. Ich weinte ins Waschbecken hinein.

Eine Stunde später rief er an. Er habe bei Jetti Meldung erstattet, sagte er. Sie sorge sich wirklich sehr um mich. Sie fürchte, die Geschichte habe mir nicht viel Trost gebracht.

»Das ist leider richtig«, sagte ich.

»Außerdem war es nicht Jettis Idee, dass ich dir diese Geschichte erzähle«, sagte er. »Ich habe geschwindelt. Es ist die beste Geschichte, die ich habe. Eine bessere habe ich nicht. Basta. Und ich dachte eben, einen Geschichtenerzähler kann in einer Krise am besten eine Geschichte trösten.«

»Das ist lieb von dir«, sagte ich. »Ich habe gerade ins Waschbecken geweint.«

»Was kann dich denn trösten?«, fragte er mit drohender Ungeduld in der Stimme.

»Jetti könnte es«, sagte ich.

»Und sonst?«

»Listen trösten mich bisweilen«, sagte ich.

»Dann mach eine Liste und schick sie mir in die Praxis! Ich werde sie analysieren und dir Bescheid geben.«

Liste zwei: In einer Illustrierten sah ich ein Bild

Mitte Sechziger:
In einer Illustrierten sah ich ein Bild von Keith Richards. Er sitzt am Ufer eines Sees, er trägt eine enge graue Hose mit Bügelfalten und einen kragenlosen, dunkelblauen Pullover. Eine Hand verdeckt sein halbes Gesicht. Zwischen Zeige- und Mittelfinger, ganz unten, hält er die Zigarette. Die Wangen sind eingesogen.

Unter dem Bild steht: »Keith raucht achtzig Zigaretten am Tag. Das Wasser ist ihm zu kalt.«

Ende Sechziger:
In einer Illustrierten sah ich ein Bild von Keith Richards. Er hockt auf dem Fußboden. Über seinen Knien liegt eine akustische Gitarre Marke *Gibson.* Sein Mund ist zu einem verzweifelten, blöden Grinsen verzogen. Er trägt ein Hemd mit handtellergroßen Blumen als Muster.

Unter dem Bild steht: »Wenige Minuten nach dieser Aufnahme fiel Keith ins Koma. Er hatte sich eine zu große Dosis Heroin gespritzt.«

Anfang Siebziger:
In einer Illustrierten sah ich ein Bild von Keith Richards. Er trägt eine Sonnenbrille Marke *Ray Ban.* Es ist nur sein Kopf zu sehen. Die Haare sind schwarz, fettig, lang. Der Mund ist leicht geöffnet. Die Zähne sehen kaputt aus.

Unter dem Bild steht: »Mick und die anderen haben Keith im Hotel *Imperial* in Wien vergessen. Dem Tourneearzt fiel auf, dass Keith nicht wie sonst hinten im Wagen lag. Er drehte um, raste nach Wien, fand den Star in seiner Suite. Er lag in seinem Erbrochenen. Der Arzt holte ihn mit einer Injektion Kokain zurück.«

Anfang Achtziger:
In einer Illustrierten sah ich ein Bild von Keith Richards. Er hält den Zeigefinger drohend vor sein Gesicht. Am Mittelfinger prangt ein Ring mit einem kastaniengroßen Totenkopf. Keith grinst. Sein Gesicht ist speckig, glänzt.

Unter dem Bild steht: »Wir kamen zu früh. Mr. Richards steht nämlich nie vor drei Uhr nachmittags auf. Er hat sein Gesicht noch von der Morgentoilette eingecremt. Dabei finden wir, dass gerade seine Falten so schön sind.«

Mitte Neunziger:
In einer Illustrierten sah ich ein Bild von Keith Richards. Er sitzt weit zurückgelehnt auf einem Sofa. Sein Gesicht ist braungebrannt, er ist barfuß. Er hält eine schmale akustische Gitarre auf seinen Schenkeln. Mit gespieltem Ernst blickt er auf das Griffbrett nieder. Um das Sofa herum stehen hohe, überquellende Bücherregale.

Unter dem Bild steht: »Es ist wahr! Keith Richards ist von der Leiter gestürzt, als er ein Buch über Leonardo da Vinci aus seiner Bibliothek holen wollte. Die Tournee musste unterbrochen werden.«

Ende Neunziger:
In einer Illustrierten sah ich ein Bild von Keith Richards. Er steht auf dem Dach eines Hauses. Die Umgebung lässt vermuten, es ist in New York. Runde Wasserspeicher aus Holz ragen über das flache Dach wie Wehrtürme einer Burg. Keith macht einen theatralischen Ausfallschritt. In die wirren Haare sind Zöpfchen geflochten, Federn hängen an Strähnen, auch zu Spiralen gedrehter Silberdraht. Er schürzt die Lippen. Seine Brust ist frei. Über den Schultern hängt ein langer Lumpenmantel. Die Kappen der Schuhe sind aufgerissen. In einer Hand hält er einen rohen Stecken, von seiner Spitze winken Federn und Schmuck.

Unter dem Bild steht: »Bettlerkönig Keith Richards.«

Jetti hat einen Mann

Was ist nur aus mir geworden!

Nun schon seit einem halben Jahr muss ich diesen Satz immerzu denken. »Was ist nur aus mir geworden!« Seit neuestem sage ich ihn laut. Vor allem nachts, wenn ich vor dem Telefon sitze und mit mir kämpfe; und meine Sehnsucht nach dem, der ich mit dreizehn war, so schmerzhaft wird, dass ich manchmal glaube zu zerspringen.

Mir fällt immer wieder jener Wintertag ein. Als ich einem Mitschüler den Lumberjack abgekauft habe. Nie in meinem Leben war mir ein Gegenstand so teuer wie diese braune Cordjacke mit den gestrickten Bünden, den beiden Reißverschlusstaschen in der Brust, den Lederschultern und dem Lederteil an den Ellbogen. Ich dachte, das ist eine Anschaffung fürs ganze Leben. Ich konnte mir nicht vorstellen, dass ich, wenn ich erst ein Mann wäre, je eine andere Jacke für die lieben Werktage anziehen würde als diesen Lumberjack, in dessen einem Ärmelfutter ein Loch war, so dass sich Dinge unter dem Arm verbergen ließen wie in einem Geheimfach. Einen Taschenkalender aus dem Jahr 1962 bewahrte ich darin auf, er enthielt alles, was wichtig war – die größten Städte der Welt mit Einwohnerzahlen, die längsten Flüsse, Maßeinheiten, Feiertage, eine kleine Karte von Österreich, eine kleine Karte von Europa, eine kleine Karte der Welt. Und dann zu Hause sagte meine Mutter, dieses Drecksding komme ihr nicht ins Haus, und ich sagte, dann gehe ich auch. Welch ein Triumph, als ich in ihren grünen Augen den Schrecken sah, den ich ihr einjagte!

»Würdest du mich je schlagen?«, fragte sie.

Und ich sagte: »Das kommt darauf an.«

Und sie: »Worauf bitte kommt das an?«

Ich: »Sag nie mehr Arschloch zu mir oder Blödmann!«

Und sie, weiß im Gesicht: »Das sag ich doch gar nicht. Das rutscht mir doch höchstens so heraus. Einmal vielleicht.«

Und ich: »Einmal pro Tag, wenn ich Glück habe.«

Und sie: »Und wenn ich es noch einmal sage, dann haust du mir eine runter?«

Dann kommt mein Vater dazu und sagt zu mir: »Hol dein Fahrrad, kannst neben dem Pferd herfahren!«

Und ich sage: »Ich will nicht mit dem Fahrrad hinter einem Cowboy herfahren.«

Mein Vater lacht und sagt: »Musst du aber, Kleiner!«

Und meine Mutter sagt: »Zwing ihn nicht, sonst haut er dir auch eine runter!«

Ich sage: »Habe ich dir eine runtergehauen? Habe ich das? Ich habe dir also eine runtergehauen.«

»Nein, das hast du nicht«, sagt sie, »aber fast.«

»Fast eine runterhauen kann man einem eine nicht«, sagt mein Vater.

Meine Mutter sagt: »Misch doch du dich nicht ein, du Blödmann!«

Mein Vater sagt zu mir: »Was jetzt, willst du mit dem Fahrrad neben mir herfahren oder nicht?«

Und ich sage: »Jetzt will ich es.«

Das war der Tag, an dem sich mein Vater den Daumen abgebrochen hat.

Als Robert anrief, saß ich in der Küche und hörte das Abendjournal im Radio. Ich hatte mir eine Schüssel Tomaten geschnitten und eine kleine Zwiebel gehackt. So lebe ich heute. Jetti hat einen Mann. In ihrem Alter sagt man nicht mehr, sie hat einen Freund. Das wäre lächerlich. Seit einer Woche habe sie einen Mann. Zum Analysieren der Liste sei er noch nicht gekommen.

Nachdem ich den Hörer aufgelegt hatte, zog ich Mantel und Schuhe an und verließ das Haus – in panischer Entschlossenheit, dieses einsame geliebte, geregelte, mit kostbaren Fresken aus der Vergangenheit ausgestattete Leben zu ändern. Über meiner Kindheit weht die Fahne der schlechten Laune meiner Mutter und die Fahne der unfassbaren Blödheiten meines Vaters. Ich sehe uns in dauerndem Kriegszustand gegen den Rest der Welt. Aber wir waren eine gute Kavallerie. Mein Vater war die Zukunft, meine Mutter die Gegenwart und ich schon damals die Vergangenheit. Sie sind beide tot. Den Montag liebe ich am meisten, und dann herunter bis zum Sonntag, den ich kaum ertrage. So war es immer gewesen, auch schon als ich dreizehn war. Ich kann nicht einmal mit einem Menschen in Ruhe an einem Tisch essen, ich muss den Kaffeerand aufwischen oder die Krumen zusammenkehren. Nie mehr werde ich es lernen, mit einem Menschen in einem Bett zu schlafen.

Auf der Straße wählte ich Jettis Nummer in meinem Handy. Sie nahm sofort ab.

»Erzähl mir, als du dreizehn warst«, sagte ich.

»Aber das ist doch dein Alter«, sagte sie.

Sie hatte geweint, es war nicht zu überhören. – Jetti mit dem dünnen Kleidchen, sie hüpft über den Rasen ihrer reichen Eltern, am Zaun steht der Lumpige in dem abgetragenen Lumberjack. Aber sie liebt ihn. Weil er sich vor nichts fürchtet. Er raucht, aber nicht um anzugeben, sondern weil er Raucher ist. Er ist das Genie, das seinem Vater das Leben gerettet hat. Damals wäre sie mit mir gegangen, wenn ich sie gefragt hätte.

»Konntest du mit dreizehn Autofahren?«, fragte sie jetzt.

»Ja«, sagte ich, »das konnte ich. Mit einem Unimog bin ich herumgefahren.«

»Nimm mich mit«, flüsterte sie. Ich denke, das hat sie geflüstert. Ganz sicher bin ich mir nicht. Wäre ich doch nur zu Hause geblieben! Mit beiden Füßen fest, vielleicht nicht in der Welt, aber auf dem Boden meiner Arbeitszimmer-, Wohnzimmer-, Schlafzimmer-, Küche-, Bad-Wohnung stehend.

»Meine Nachbarin«, sagte ich, »ist nett.«

»Was heißt das?«, fragte Jetti.

»Was kann das schon heißen?«

»Was heißt es? Sag es, bitte!«

Jetti weinte. Mit Jettis Weinen hatte ich nie ein Problem gehabt. Mit dem Weinen meines Vaters hatte ich ein Problem gehabt. Mit dem Weinen meiner Mutter nicht. Mit dem Weinen von Caligula-Richard hatte ich ein großes Problem. Wenn Robert Lenobel in meiner Gegenwart weinte, würde ich es obszön finden. Ich selbst weine, wenn mir etwas peinlich ist oder aus Wut, aber nur allein. Ich kann nicht mit jemandem an einem Tisch essen. Ich kann nicht mit jemandem in einem Bett schlafen. Ich kann nicht in Gegenwart eines anderen weinen. Aber warum sollte ich weinen? Es gibt keinen Grund dafür.

»Wollen wir morgen ein Stück hinausfahren?«, fragte ich.

»Die Donau hinunter?«, fragte Jetti.

»Soll ich einen Unimog ausleihen?«

»Ich weiß nicht einmal, was das ist.«

»Ein kleiner Lastwagen.«

»So einer wird auch nötig sein«, sagte sie.

Wir legten auf und waren ein bisschen glücklich. Ja, ich bin sicher, dass auch Jetti ein bisschen glücklich war.

Inhalt

Michael Köhlmeier
Roman von Montag bis Freitag
38 Stories
2004. 176 Seiten

Michael Köhlmeier erzählt in diesem Buch viele kleine Geschichten, die zusammen eine Welt ergeben. Geschichten, die so oder so ähnlich passiert sind; ihm, seiner Frau, seinen Freunden, seinen Nachbarn. Mit wenigen Handgriffen werden aus alltäglichen Ereignissen kunstvolle Miniaturen, die uns, gleichnishaft, unser Leben erzählen.
Die Liebesgeschichte, die mit einer abgebissenen Zunge endet; der Kauz, der sich ein Haus bauen will; das streitende Paar, das plötzlich verstummt; die einsame Nacht im Hotel: Meisterhaft zeigt der Autor im Kleinen das große Rätsel.
Nur wer sein Handwerk perfekt beherrscht, kann so, mit wenigen Strichen, die Welt erzählen.

»Köhlmeiers *Roman von Montag bis Freitag* bedient die sogenannt kleinen Formen der Prosa und zeigt, was in kurzen, konzentrierten Texten stecken kann. Sie sind der Reduktion verschrieben und zeigen eine selten gewordene poetische Dynamik: Sie kommen beiläufig daher und haben Kommentare und mühsam konstruierte Pointen gar nicht erst nötig.«

Susanne Schaber, *Die Presse*